KB002516

상황과
이야기

Vivian Gornick

비비언 고닉

이영아 옮김

상황과
이야기

에세이와 회고록,
자전적 글쓰기에
관하여

차 례

들어가며

    의료계를 선도하던 한 의사가 사망했고, 수많은 이들이 추도사를 낭독했다. 동료들과 환자들, 의료 개혁 운동가들이 거듭 말하기를, 이 의사는 강단 있고 인간적이고 명석한 사람, 주변 분위기를 북돋우고 주도하는 사람, 엄격한 교육자이자 정력적인 연구자, 항상 남의 말에 귀를 기울이는 사람이었다고 한다. 나는 말 없는 조문객들 사이에 앉아 있었다. 모든 이들의 추도사가 나름 사려 깊고 감상적이며 회한까지 불러일으켰지만, 세계와 개인의 관계를 음울하게 환기시키며 한 인간의 죽음을 거대한 사건으로 느끼게 만든 사람은 단 한 명이었다. 고인에게 가르침을 받은 40대 여성 의사였다. 그가 다른 이들보다 고인을 더 잘 알았거나 친분이 더 두터웠던 것은 아니었다. 다른 추도사들이 이미 그려 보인 고인의 전체적인 초상에 새로운 내용을 덧붙인 것도 아니었다. 그러나 **그의** 말은 추도식 분위기에 깊이를 더하고 내 심장을 꿰뚫었다. 이유가 뭘까? 나는 눈물을 닦아내는 와중에도 궁금했다. 왜 **그의** 추도사는 남달랐을까?

이 질문이 내 안에 계속 머물러 있었던지, 다음 날 아침 깨어나 침대에서 벌떡 일어나 앉았더니 그의 추도사가 내 앞의 허공에 하나의 구도처럼 어른거렸다. 이거구나, 하고 나는 깨달았다. 추도사는 어떤 구도로 짜여 있었다. 그래서 달랐던 것이다.

추도사 연사는 선배 의사의 가르침을 받으며 성장했던 풋내기 의사 시절의 자신을 떠올렸다. 이 기억은 추도사의 구조를 결정하는 구성 원리로 작용했다. 구조는 질서를 부여했다. 질서는 문장의 모양새를 다듬었다. 다듬어진 모양새는 언어의 표현력을 더욱 높였다. 농밀해진 표현력은 연상聯想에 깊이를 더했다. 한 젊은이의 견습 시절 분위기를 전하는 묘사, 사회 변동기의 의료업, 그리고 잘못을 지적하기만 할 뿐 칭찬에는 인색한 스승에 대한 양가감정이 켜켜이 쌓여 마침내 하나의 드라마가 짜였다. 이러한 짜임새를 결texture이라고 한다. 나를 흔들어놓은 것은, 그리고 추억의 대상인 고인뿐만 아니라 추억을 되짚는 자의 존재감까지 훨씬 더 생생히, 아주 즉각적으로 느낄 수 있게 해준 것은 바로 이 결이었다. 자신과 고인 사이에 있었던 일들을 정확히 기억해내려는 연사의 노력―끈끈한 동시에 짜증스럽기도 한 관계를 이해하려는 숨김 없는 욕구

─덕분에 나는 말해지지 **않은** 것, 결코 말로 할 수 없는 것까지 전부 알아차렸다. 인간관계의 따스하고도 고통스러운 불완전함을 통감했다. 이 느낌은 내 안에 울림을 남겼다. 가슴 깊이 와닿는 책의 마지막 장을 넘길 때 그러하듯, 이 울림은 오래도록 가시지 않았다.

그의 추도사가 얼마나 훌륭했는지를 되새길수록, 연사의 역량이 가장 중요했음을 확실히 깨달았다. 연사는 끈끈하면서도 짜증스러운 관계로 빚어졌던 옛 견습 시절을 잘 불러오기 위해 자신의 생각을 '구성'했다. 그가 말하는 동안 우리는 더할 나위 없이 지적이면서 더할 나위 없이 신랄한 스승의 거동과 모습에 촉각을 곤두세우는 그를 생생히 볼 수 있었다. 열성적이다가, 주춤하다, 움츠러드는. 이렇듯 예전의 나를 상상하는 행위는 글을 풍요롭게 하고, 연사의 이미지뿐만 아니라 연상의 논리 정연한 흐름을 넓게 확장하면서 추도사 낭독이라는 당면 과제로 곧장 이어졌다.

연사가 자신을 잘 그려낼수록 고인이 된 의사도 생생히 되살아났다. 연사가 묘사한 것은 의료계에 첫발을 디딘 젊은이의 분투와 스승의 영향이었다. 스승의 지식을 흡수하려 열정을 불태우던 젊은 시절의 야심만만한 그를 보려면 더불어 스승도 보아야 했다. 위협과 기대감을 불러일으키는 존재. 남들과 다를 바 없이 복잡한 사람. 어디로 튈지 모르는 두 사람의 대화가 우리를 추억담의 핵심으로 이끌었다. 연상의 의사는 젊은 의사만큼이나 의지와 기질 사이에서 고투하고 있었고, 이 점에서 둘은 일심동체였다. 여기서 이야기는 연사나 고인 자체가 아니었다. 두 사람이 함께할 때 그들 각자에게 무슨 일이 일어났는가 하는 것이었다. 연사는 실력 좋은 맞수로 서로를 만난 지점에 초점을 맞추었다. 바로 **여기**를 붙잡았다. 덕분에 그의 추도사에는 균형 잡힌 중심이 생겼다.

내게 놀랍게 다가온 점은 서술자와 이야기 간의 탁월한 관계였다. 연사는 자신이 말하고 있는 이유, 아니, 더 중요하게는 말하고 있는 자신이 **누구**인지를 결코 망각하지 않았다. 여러 자아(그에게는 딸, 연인, 탐조꾼, 뉴요커 등등 다수의 정체성이 있었다) 중에 견습 의사야말로 불러내야 할 자아라는 사실을 알았으며, 잊지 않았다. 이 이야기는 그런 자아 속에 있었다. 오로지 고인이 된 의사를 추도하려는 목적으로 소환되었지만, 살아 움직이는 존재로서의 자신에 대한 관심 또한 잃지 않는 자아―바로 여기가 기발한 지점이었다. 이 마지막 부분이 결정적이라는 생각이 들었다. 추도사가 놀라울 정도로 명료한 의도를 드러낼 수 있었던 가장 주요한 원인. 서술자는 말하고 있는 이가 **누구**인지 알고 있었기에, 자신이 말하는 **이유**를 처음부터 알고 있었다.

◇ ◇ ◇

자전적 이야기를 쓰는 작가는 주제와 관련하여 근본적으로 자기 자신만을 상상한다. 이 연관성은 밀접하다. 사실, 결정적이다. 작가의 민낯이라는 원료로 만들어지는 서술자는 이야기에 꼭 필요한 존재이다. 이 서술자가 페르소나가 된다. 그의 어조, 그의 시각, 그가 구사하는 문장의 리듬, 관찰하거나 무시할 대상은 주제에 맞게 선택된다. 그렇지만 우리에게 가장 크게 보여야 하는 것은 서술자―혹은 페르소나―가 세상을 바라보는 방식이다.

민낯의 자아에서 페르소나를 빚어내기란 결코 쉬운 일이 아니다. 소설이나 시는 창조된 인물이나 이야기하는 목소리가 작가의 대리인 역할을 할 수 있다. 작가가 직접 언급할 수는 없지만 핍진하게 전해야 하는 모든 것―부적절한 갈망, 방어적인 당혹감, 반사회적 욕망―을 대리인에게 쏟아부을 수 있다. 반면, 논픽션의 페르소나는 대리인이 아니다. 논픽션 작가는 소설가나 시인이라면 거리를 둘 수 있는 변명과 낭패감을 공개적으로 드러내야 한다. 공공장소에서 소파에 드러눕는 거나 매한가지다. 설령 작가가 자발적으로 그리 한다 해도 이런 전략은 대개 잘 먹히지도 않는다. 대체 몇 년이나 소파에 누워 있어야 자기 이야기를 할 수 있을까. 넋두리와 푸념, 자기혐오와 자기변명만 늘어놨다간, 작가 자신 말고는 세상의 모든 사람이 지루해할 텐데 말이다. 작가의 대리인이 아닌 서술자는 자신의 사소한 관심사를 널리 공감할 수 있는 초연한 이야기로 바꾸어, 무관심한 독자에게도 가치 있는 글을 써내야 하는 엄청난 과제를 떠맡는다.

아무리 어렵다 해도 에세이나 회고록을 쓸 때는 그런 페르소나를 반드시 만들어내야 한다. 이는 조명 도구나 마찬가지다. 이게 없으면, 주제도 이야기도 있을 수 없다. 회고록이나 에세이를 쓰는 작가는 그런 페르소나를 빚어내기 위해 소설가나 시인처럼 자기 성찰이라는 견습 기간을 거치며, 왜 말하는가, **누가** 말하는가를 동시에 알아내야 하는 이중고를 겪는다.

그 추도사가 아름답게 전달된 이유는 연사의 의도가 명료했기 때문이다. 시간을 거꾸로 돌려보면 그런 명료함을 얼마나 힘겹게 얻었을지 감이 온다. 20년도 훌쩍 넘은 옛 경험을 이야기해달라고 부탁받은 연사는 그쯤이야 식은 죽 먹기지, 술술 써질걸, 하고 생각했을 것이다. 그런데 추도사를 쓰려고 앉자마자 좌절하고 만다. 아차, 경험이라니? 무슨 경험을 이야기한담? 경험이라는 게 어디 있었더라? 경험이 광활한 영토처럼 보인다. 이 땅으로 어떻게 들어가지? 어떤 각도에서, 어떤 자세로? 어떤 전략을 세우고, 어떤 결말을 향해 나아가야 할까? 머릿속이 복잡해진다. 그러다 불현듯, 경험은 원료에 불과하다는 사실을 깨닫는다.

이제 그는 생각하기 시작한다. 고인은 그에게 정확히 어떤 사람이었던가? 그는 고인에게 어떤 사람이었나? 그리고 고인과의 인연은 그에게 어떤 의미인가? 이 추도를 통해 증명하거나 구현하거나 상기시키고 싶은 것은 무엇인가? 그가 진정으로 말하고 싶은 바는 무엇인가? 묻기도 힘들뿐더러 답하기는 더욱더 힘든 문제들이다. 수많은 실패한 기념사가 이를 증명해주는데, 그중에서도 제임스 볼드윈James Baldwin이 리처드 라이트Richard wright에게 바친 추도사가 유명하다. 걸출한 작가 볼드윈은 고인이 된 멘토에게 경의를 표하러 와서는, 자신의 복잡한 감정을 제대로 마주하지 못한 채 결국엔 라이트에 대한 맹비난으로 추도사를 끝맺고 만다.*

우리의 연사가 갈팡질팡하며 찾아 헤매는 지점이 바로 그곳이다. 복잡한 감정. 먼저, 그런 감정이 있음을 이해한다. 다음엔, 그 감정을 시인한다. 그리고 이를 통로 삼아 경험으로 들어간다. 그러고 나면 그 감정이 **곧** 경험임을 깨닫는다. 이제 그는 쓰기 시작한다.

익숙한 것을 꿰뚫고 들어가기란 당연한 듯 쉽게 할 수 있는 일이 아니다. 오히려 힘들고 또 힘든 일이다.

---

* 리처드 라이트와 제임스 볼드윈은 미국 흑인 문학을 대표하는 작가들로 꼽힌다. 라이트가 출판사에 볼드윈의 원고를 추천하는 등 좋은 관계로 출발했지만, 볼드윈은 라이트가 사회적 책임과 예술적 책임을 혼동하여 예술적 진리를 저항과 정치적 선전으로 왜곡하고 있다고 비판했고, 이후 둘의 관계는 악화되었다.

◇ ◇ ◇

나는 1970년대에 개인 저널리즘이라 불리던 장르의 글을 쓰는 작가로 사회에 첫발을 내디뎠다. 개인 저널리즘은 자전적 에세이와 사회 비평이 결합된 형태였다. 급진적 페미니즘의 투사로서 나는 타자기 앞에 앉는 순간부터 나 자신을 수단으로 삼아―다시 말해, 주변 상황이나 사건에 대한 나의 반응을 이용하여―세상을 좀 더 넓게 이해하는 것이 당연한 과제처럼 느껴졌다. 물론 나만의 본능은 아니었다. 다른 많은 작가들도 비슷한 유혹에 끌렸다. 개인적인 것이 정치적인 것이 되고, 신문 머리기사는 은유가 되었다. 우리 모두 공모자가 된 듯 느꼈다. 우리 모두 즉각적인 경험의 중요성을 느꼈다. 어디로 눈을 돌리든, 가두시위에서, 파티에서, 우연한 만남에서 오가는 정치적 대화로부터 끌어낼 수 있는 이야기가 있었다. 그 시절 그런 일을 훌륭하게 해낸 세 작가가 있었으니, 바로 조앤 디디온Joan Didion, 톰 울프Tom Wolfe, 노먼 메일러Norman Mailer이다.

처음부터 나는 이런 유의 글쓰기에 도사린 위험을 알았고, 나와 이야기 사이의 적절한 균형을 유지하려면 초점 잡기에 심혈을 기울여야 한다는 것도 알았다. 서술자와 주제의 관계를 명확히 이해하지 못한 채 무작정 글을 찍어대는 개인 저널리스트들이 이미 수두룩했다. 그들은 고해, 심리치료로서의 글쓰기 혹은 노골적인 자기도취의 구렁텅이에 빠지기를 거듭했다.

내가 스스로 다짐한 바를 얼마나 잘, 얼마나 일관되게 실천했는지는 모르겠지만, 언제나 과제로 삼은 것은 이야기하는 자아를 당면한 아이디어보다 아래에 두는 것이었다. 일화를 말하고, 묘사를 빚어내고, 나만의 추측에 탐닉하는 일은 피하려 했다. 논점을 명확히 하고, 분석을 전개하고, 이야기를 진전시키는 데에만 나 자신을 이용하려 했다. 나의 상황 판단 능력이 정확하고, 나의 자의식이 충분하다고 생각했다. 내 안의 믿음직한 기자가 서술자의 신뢰성을 보장해주리라 믿었다.

어느 날, 한 출판사 편집자가 기획안을 가지고 왔다. 전에 어느 이집트인과 막역한 친구 사이가 된 사연을 털어놓은 적이 있었는데, 그에 대한 응답인 듯했다. 이 이집트인 친구는 내가 브롱크스에서 보낸 것과 꼭 닮은 유년 시절을 카이로에서 보냈다. 이러한 유사성 때문에 '그들'에 대한 호기심이 들끓고 있던 참에, 이집트로 가서 카이로의 중산층에 대해 써보라는 제안이 들어온 것이다.

카이로에 가서도 뉴욕에서 하던 대로 하면 되겠지 하는 생각에 나는 큰 고민 없이 흔쾌히 제안을 받아들였다. 그러니까, 도시 한복판에 자리를 잡고서, 사람들을 만나고, 인연을 만들고, 나 자신의 두려움과 편견을 이용하여 그들의 본모습을 들추어낸 다음, 거기서 무언가를 **만들어내면** 되리라.

그러나 카이로는 뉴욕이 아니었고, 내 과제는 개인 저널리즘이라 부르기에 무리가 있었다.

카이로는 자극제 덩어리 같은 도시였다. 먼지 날리고, 북적대고, 시끄럽고, 생기 넘치고, 고통에 몸부림치는 곳. 사람들은 어둡고 신경질적이고 똑똑한가 하면, 무지하고 변덕스럽고 궁핍했으며, 낯설지 않고 웬일인지 아주 친숙했다. 도회적인 이슬람교도들의 언어는 쉽게 흥분하는 빈민가 유대인들의 언어와 달라도 너무 다른데 말이다. 친숙함이 실패의 원인이었다. 그것은 내게 흥분과 혼란을 동시에 안겨주었다. 나는 친숙함과 사랑에 빠졌고, 이를 낭만적으로 묘사했으며, 이 분위기와 여기에 휩싸인 나를 신비롭게 표현했다. 나는 누구인가? **그들**은 누구인가? 나는 **어디**에 있으며, 여긴 대체 어떤 곳인가? 문제는, 내가 이 의문들의 답을 꼭 찾고 싶은 건 아니었다는 것이다. '모름'이 매혹적이었다. 그 속에서 길을 잃어도 괜찮다는 생각이 들었다. 하지만 알지 못하는 무언가로 낭만적인 이야기를 만들 때, 믿음직한 기자는 못 미더운 서술자로 전락할 위험이 있다. 결국 그런 위험은 상당 부분 현실이 되고 말았다.

나는 카이로에서 여섯 달 동안 열심히 일했다. 아침, 점심, 저녁으로 밖에서 이집트인들을 만났다. 의사들, 주부들, 저널리스트들, 학생들, 변호사들, 관광 가이드들, 친구들, 이웃들, 연인들. 담배를 열심히 빨아대고, 말투가 격하고, 쉽게 동요하고, 그들 자신에게 그리고 서로에게 향하는 조심스러운 다정함에 사로잡힌 듯한 사람들과 어울리는 것보다 더 흥미로운 일이 세상에 또 있을까 싶었다. 나는 그들이 심오한 인간 조건

속에서 살아가고 있다고 생각했고 그런 조건에 공감했다. 대상을 분석하는 대신 대상에 동화되었다. 이집트인들은 그들의 불안을 사랑했으며, 이런 불안 덕분에 자신들이 시적이라고 생각했다. 나도 곧장 그들처럼 그들의 불안을 사랑하고 각색하기 시작했다. 내 공책에는 카이로에서 보내는 일상의 흥분이 곳곳에 묻어나는 일화들이 하나씩 쌓여갔다. 그대로 베끼기만 해도 이야기 하나가 뚝딱 나올 것 같았다.

글쓰기에서 이러한 공감은 유용하기도 하고 방해가 되기도 하는데, 이집트에 대한 내 책에는 둘 모두 반영되어 있다. 한편으로, 묘사와 감응으로 가득 찬 산문은 놀랍도록 활력이 넘친다. 반면에 문장은 종종 수사적이고, 어조는 절규하는 듯하고, 통사 구조는 너무 복잡하다. 형용사가 하나만 있어도 충분한 곳에 어김없이 세 개나 붙어 있다. 침묵이 효과적인 대목에서 격앙이 지면을 뒤흔든다. 이집트는 무분별한 표현이 여백 밖으로 넘쳐흐르는 나라였다. 내 책은 신기하게도 이집트 자체를 흉내 낸다. 그것이 강점이자 한계이다.

오랫동안 나는 거리를 두지 않은 것이 문제라고 생각했다. 거리 두기는 전혀 염두에 두지 않았고, 이게 중요하다는 사실조차 몰랐으니 말이다. 사실, 거리 두기 없이는 이야기도 있을 수 없다. 묘사와 감응은 있겠지만, 이야기는 없다. 하지만 나는 더욱더 깊은 혼란에 빠졌다. 내가 현역 저널리스트였을 때 정치는 상황을, 논쟁은 이야기를 제공해주었다. 하지만 이집트에서는 자유 낙하 상태에 있었다. 필요조건이 뭔지도 이해하지 못한 채 쓰고 있는 글의 위력에 이리저리 휘둘리는 느낌이 혼란스러웠다. 내가 쓰려고 애쓴 글의 성격은 개인 저널리즘이 아니었다. 자전적인 이야기였다. 여러 해가 지나서야 나는 글의 소재를 통제할 능력을 충분히 갖추고 책상에 앉았다. 즉 상황을 깔아놓고, 내가 전하고 싶은 이야기를 전할 준비가 된 것이다.

◇ ◇ ◇

모든 문학 작품에는 상황과 이야기가 있다. 상황이란 맥락이나 주변 환경, (가끔은) 플롯을 의미하며, 이야기란 작가의 머리를 꽉 채우고 있는 감정적 경험, 혹은 통찰과 지혜, 혹은 작가가 전하고픈 말이다. 『아메리카의 비극An American Tragedy』에서 상황은 작가인 시어도어 드라이저Theodore Dreiser가 살던 시절의 미국, 이야기는 출세욕의 병적인 성질이다. 에드먼드 고스Edmund Gosse의 회고록 『아버지와 아들Father and Son』의 경우, 상황은 찰스 다윈의 진화론이 발표된 시대의 극단적으로 보수적인 영국이며, 이야기는 친밀한 관계의 배신을 통한 정체성 찾기이다. 「대기실에서In the Waiting Room」라는 시에서 엘리자베스 비숍Elizabeth Bishop은 제1차 세계대전 시절 치과에 앉아 『내셔널 지오그래픽』지를 넘기며, 겁 많은 이모가 숨죽여 토해내는 고통스러운 비명을 듣던 일곱 살의 자신을 묘사한다. 이것이 상황이다. 이야기는 한 아이가 난생처음 경험하는 고독이다. 엘리자베스 자신의, 이모의, 그리고 세상의 고독.

아우구스티누스의 『고백록』은 여전히 회고록 작가들이 본보기로 삼고 있는 작품이다. 여기서 아우구스티누스는 자신이 기독교로 개종한 사연을 들려준다. 이것이 상황이다. 이 사연 속에서 그는 미성숙한 자의식에서 논리 정연한 자의식으로, 나태한 생활에서 목적의식 충만한 생활로, 무지의 상태에서 진리의 상태로 옮겨 간다. 이것이 바로 이야기이다. 필연적으로 자기 발견과 자기 인식의 이야기가 될 수밖에 없다.

자서전의 주제는 항상 자기 인식이지만, 진공 상태에서의 자기 인식이란 있을 수 없다. 시인이나 소설가처럼 회고록 작가도 세상과 교류해야 한다. 교류는 경험을 낳고, 경험은 지혜를 낳으며, 결국 중요한 것은 이 지혜─더 정확히 말하면, 지혜를 향한 정진─이기 때문이다. 어느 훌륭한 작문 교사는 이런 말을 했다. "좋은 글은 두 가지 특징을 갖고 있다. 지면 위에서 살아 숨 쉬며, 작가가 무언가를 발견해가는 여정에 있음을 독자에게 납득시킨다." 시인이든 소설가든 회고록 작가든 자신에게 어떤 지혜가 있다는 확신을 독자에게 심어주어야 하며, 이 지혜를 전달하기 위해 최대한 정직하게 쓴다. 자전적 이야기를 쓰는 작가는 여기에 더해 서술자의 신뢰성까지 독자에게 납득시켜야 한다. 허구의 이야기에는 신뢰할 수 없는 서술자가 등장하기도 하고 그런 작품이 명성을 얻는 경우도 많다(『훌륭한 군인』,* 『위대한 개츠비』, 필립 로스의 주커먼 시리즈**). 논픽션은 다르다. 논픽션의 경우, 독자들이 화자가 진실을 말하고 있다고 믿어야 한다. 따라서 어쩔 수 없이 이런 질문이 따라온다. "서술자는 믿을 만한가? 그가 내게 들려주는 이야기를 믿을 수 있는가?"

논픽션의 서술자는 어떻게 신뢰를 얻을까? 사례를 통해 최선의 답을 찾아보자. 「코끼리를 쏘다 Shooting an Elephant」에서 조지 오웰 George Orwell은 이렇게 쓴다.

버마 남부의 모울메인에서 나는 많은 이들에게 미움받았다. 내 인생에서 미움받을 정도로 중요한 인물이었던 적은 그때뿐이다. 나는 도시의 한 구역을 담당하는 경찰관이었는데, 그곳은 막연하고 좀스러운 방식이긴 해도 반유럽 정서가 아주 강했다. 폭동을 일으킬 배짱은 아무도 없었지만, 유럽 여자가 혼자 시장 거리를 지나갈라치면 꼭 누군가 빈랑***을 씹다가

---

* 영국 작가 포드 매독스 포드 Ford Madox Ford가 1915년에 발표한 장편소설로, 제1차 세계대전 이전 시대를 배경으로 두 부부의 불륜에 얽힌 비극을 그렸다. 소설의 서술자인 존 다월은 부유하고 게으른 미국인이다.
** 필립 로스 Philip Roth는 『남자로서의 나의 삶』을 필두로 『유령 작가』, 『휴먼 스테인』, 『유령 퇴장』 등의 아홉 작품에 자신과 마찬가지로 유대인 작가인 네이선 주커먼이라는 인물을 서술자로 등장시켜 자전적 소설을 썼다.

여자의 원피스에 침을 툭 뱉곤 했다. 경찰관이었던 나는 명백한 표적이었고, 뒤탈이 없겠다 싶은 상황에서는 어김없이 괴롭힘을 당했다. 축구장에서 어느 잽싼 버마인이 발을 걸어 나를 넘어뜨렸을 때, 심판(역시 버마인이었다)은 못 본 척 넘어갔고, 관중은 가증스러운 웃음을 터뜨렸다. 이런 일이 몇 번이나 있었다. 청년들의 비웃음 어린 누런 얼굴을 어디서든 마주치고 멀찍이서 뒤통수로 욕설들이 날아드니, 신경이 박박 긁혔다. 그중에서도 젊은 승려들이 최악이었다. 모울메인에 수천 명의 젊은 승려들이 있었는데, 다른 할 일은 없는지 거리 모퉁이에 서서 유럽인을 조롱하느라 여념이 없었다.

이 모든 일이 당혹스럽고 기분 나빴다. 그때 이미 나는 제국주의란 사악한 것이라 결론 짓고, 하루빨리 일을 그만둬야겠다고 마음먹은 터였기 때문이다. 이론적으로—물론 겉으로 티를 내지는 않았지만—나는 버마인들 편이었고, 그들을 억압하는 영국에 반대했다. 내가 하고 있던 일은 입에 담기 어려울 정도로 역겨웠다. 그런 일에 몸담고 있으면 제국의 저열한 짓거리를 바로 곁에서 목격하게 된다. 악취가 코를 찌르는 새장 같은 감방에 옹송그리고 있는 가련한 죄수들, 장기 복역수들의 겁에 질린 잿빛 얼굴, 대나무 회초리로 태형을 당

*** 빈랑나무의 열매로 인도, 미얀마 등지에서 청량제처럼 씹어 먹는데, 씹으면 그 붉은 색소 때문에 침이 붉게 물든다.

21

한 자들의 상처 난 궁둥이. 이 모든 것들 때문에 나는 참을 수 없는 죄책감에 짓눌렸다. 하지만 나는 무엇 하나 넓은 시야로 볼 줄을 몰랐다. 어린 데다 제대로 배우지 못한 채로 동양에 있는 모든 영국인에게 강요되는 철저한 침묵 속에서 당면한 문제의 해결책을 강구해야 했다. 나는 대영제국이 저물어가고 있다는 사실조차 몰랐고, 이 자리를 꿰찰 신생 제국들이 그보다 더 악독하리라고는 더더욱 알지 못했다. 내가 아는 거라곤, 내가 섬기는 제국에 대한 증오와 내 일을 방해하는 사악한 작은 짐승들에 대한 격노 사이에 끼어 옴짝달싹할 수 없다는 것뿐이었다. 한편으로 나는 영국의 식민 지배가 무력한 민족들의 의지를 영원히 짓밟아버리는 난공불락의 폭정이라고 생각했다. 다른 한편으로는, 승려의 배에 총검을 푹 찔러 넣으면 속이 다 시원할 것 같았다. 이런 감정은 제국주의의 정상적인 부산물이다. 인도에 사는 영국인 관리를 아무나 붙잡고 한번 물어보라. 비번인 관리를 찾을 수 있다면 말이다.

이 문장들을 말하는 남자가 곧 이야기이다. 자신이 처한 상황으로 인해 살의를 품게 된 문명인. 우리가 그를 이런 사람으로 믿는 이유는 글이 그렇게 믿도록 만들기 때문이다. 서술과 논평과 분석이 거의 같은 비중으로 담겨 있는 각 단락은 치밀어 오르는 울화를 본능적이고도 억제된 혐오감으로 고찰하는 사색적인 성질을 띤다. 서술자는 분노를 기록하지만, 글은 분노로 미쳐 날뛰지 않는다. 서술자는 제국 통치를 증오하지만, 이 증오를 통제하고 있다. 서술자는 원주민들을 꺼리지만, 이 거부감에는 연민이 배어 있다. 그는 역사, 균형, 역설에 대한 감각을 절대 잃지 않는다. 요컨대, 대단히 훌륭한 지성인이 여러분 독자를 비롯한 누구라도 미개인으로 만들어버릴 만한 상황에 **내몰렸다**는 고백인 것이다.

이 남자는 수많은 작품과 에세이에서 오웰의 페르소나가 되었다. 원해서가 아니라 선택의 여지가 없기에 얽혀들어, 비자발적으로 진실을 말하는 서술자. 그는 제국이 자기 세력권 안에 있는 모든 이들의 인간성을 말살해버리는 현상을 입증하기 위해 만들어진 서술자이다. 존재 자체만으로—"나는 남자이고, 그곳에 있었다"—죄인이 되는 자.

오웰이 노린 대상은 정치, 당대의 정치였다. 오웰은 그가 들려주고픈 이야기를 혼자서도 전할 수 있는 이 페르소나를 정치 상황 속에 불쑥 끼워 넣었다. 하지만 현실은 그리 아름답지 못해서, 오웰 자신은 옹졸한 불안감에 쉽게 휘둘리던 남자였다. 비열한 행동이나 말을 하기도 했다. 수정주의적 관점의 전기들을 보면 그는 성차별주의자이자 지독한 반공주의자였을 뿐만 아니라 밀고자였을 가능성도 있다. 하지만 그가 논픽션에서 창조해낸 페르소나—민주적 품위의 정수를 보여주는 페르소나—는 자신으로부터 뽑아낸 뒤 작가로서의 목적에 맞추어 빚어낸 진실한 존재였다. 이 조지 오웰은 경험과 관점, 그리고 지면 가득 풍기는 개성이 성공리에 합쳐진 결과물이다. 그의 존재감이 워낙 강하다 보니 우리는 서술자를 아는 듯한 느낌을 받는다. 이렇듯 우리가 서술자를 알고 있다고 믿게 만드는 것은, 신뢰할 수 있는 서술자의 능력이다.

저널리즘에서 에세이, 회고록으로 갈수록 논픽션 페르소나의 탐구는 더욱 깊어지고, 더욱 안으로 향한다.

우리 시대의 가장 흥미로운 회고록 작가로 역시 영국인인 애컬리J. R. Ackerley를 꼽을 수 있다. 애컬리는 1967년 일흔한 살의 나이로 사망하면서 거의 30년간 작업한 훌륭한 고백서를 남겼다. 겉으로 보기에는 가족사를 담은 이야기이다. 그는 생애 대부분을 '바나나 왕'으로 살았던 과일 상인 로저 애컬리의 아들이었다. 아버지는 거구에 태평스럽고 너그러운 남자로, 털털하고 친절한가 하면 아주 교활한 구석도 있었다. 애컬리 자신은 동성애자 작가로서 자신의 관심사와 비밀에만 몰두한 채, 실생활을 가족에게 숨겼다. 1929년에 아버지가 세상을 떠난 후 애컬리는 아버지가 생전에 이중생활을 했다는 사실을 알았다. 애컬리 남매가 리치먼드의 중산층 가정에서 편하게 자라는 동안, 아버지는 런던의 반대편에 딴살림을 차려 정부와 세 딸을 부양하고 있었다. 빅토리아시대의 에두른 표현으로 이 '비밀 과수원'이 밝혀지자 경악한 애컬리는 아버지의 불분명한 과거를 깊이 파고드는 일에 매달리기 시작했다. 머지않아 또 확인하게 된 사실은, 아버지가 청년 시절 남창이었으며, 어느 부유한 남자에게 사랑받은 덕분에 인생 밑천을 마련할 수 있었다는 것이다.

애컬리는 이 이야기를 하기로 마음먹는다. 그런데 왜 30년이나 걸렸을까? 3년이 아니라. 왜냐하면 내가 지금까지 여러분에게 들려준 것은 그의 이야기가 아니라 상황이기 때문이다. 꺼내 놓는 데 30년이 걸린 것은 이야기였다.

애컬리는 자신이 가족사의 퍼즐을 맞추고 있을 뿐이라고 생각했다. 사건들을 차례로 배열하고 세부 내용을 정확히 기술하기만 하면 전부 착착 들어맞을 거야, 하고 속으로 되뇌었다. 하지만 무엇 하나 착착 들어맞지 않았다. 얼마 후 그는 이런 생각을 했다. 나는 존재가 아닌 부재를 묘사하고 있구나. 이것은 실제로 이루어지지 못한 관계에 대한 이야기였다. 그는 누구였는가? 나는 누구였는가? 왜 우리는 서로 엇갈리기만 했을까? 시간이 조금 더 지난 후 그는 깨달았다. 난 언제나 아버지가 나를 알고 싶어 하지 않는다고 생각했는데, 이제 보니 내가 아버지를 알고 싶지 않았던 거구나. 그러고는 또 깨달았다. 내가 알고 싶지 않았던 것은 아버지가 아니라 바로 나 자신이구나.

『아버지와 나My Father and Myself』는 200페이지 정도밖에 되지 않는다. 문체는 단순 명쾌하며, 이제는 많은 사람들이 알고 있는 유명한 문장으로 처음부터 독자들을 멋지게 유혹한다. "나는 1896년에 태어났고 내 부모님은 1919년에 결혼했다." 이런 문장을 말하는 목소리라면 어떤 주제든 품위 있고 허심

탄회하게 이야기할 것이다. 이 목소리로부터 짙은 감정과 선명한 지성, 독창적인 표현과 놀라운 솔직함이 흘러나올 것이다. 너무 가깝지도 너무 멀지도 않은 딱 적절한 거리에서 다가오는—이것은 작은 기적이나 마찬가지다—솔직함은 감탄을 자아낸다. 이 거리에서는 무엇이든 누구든 이해 가능하며, 그래서 흥미로워진다. 이야기 속의 어떤 사람이든, 어떤 것이든 모두 흥미로우므로 우리는 서술자가 자신이 아는 바를 전부 들려주고 있노라 믿는다.

내가 그에 **관한** 글들을 통해 겪은 애컬리는 종종 고약하거나 한심해 보인다. 그러나 『아버지와 나』의 서술자 애컬리는 아주 호감 가는 사람이다. 그가 세련된 정직함을 내보였기 때문이 아니다. 감상적인 자존심의 매끄러운 표면 아래 있는 단단한 진실에 닿을 때까지 불안을 벗겨내고 또 벗겨내며 적극적으로 노력하는 그를 독자가 느낄 수 있기 때문이다. 애컬리가 자신의 이야기를 전할 목소리를 명료히 하는 데는 30년이 걸렸다. 거리 두기를 성취하고, 자신에게 정직해지고, 신뢰할 만한 서술자가 되는 데 30년이 걸린 것이다. 이런 세월이 글에 아로새겨져 있다. 사건마다, 단락마다, 문장마다 우리는 노력으로 얻어진 한 페르소나의 찬란함을 느낀다. 애컬리에게 시인의 능력은 없을지 몰라도, 『아버지와 나』에서 우리는 그의 의도를 확실히 느낄 수 있다.

나의 이집트 여행과 그로부터 탄생한 책을 돌이켜 보면, 상황을 제시하고 이야기를 찾아낼 수 있는 서술자를 명료히 하고, 그를 불안에서 해방하려는 나의 고투가 고스란히 담겨 있는 것 같다. 그런 서술자를 찾아내는 건 당시 내 능력 밖의 일이었다. 심리적 소망들이 워낙 잡다하게 뒤섞여 있던 때라 직감에 따를 여력이 없었다. 나는 명료함과 신비로움을 동시에 원했다. 이렇게 절충된 의도는 치명상을 안겼다. 문제는 거리 두기가 아니라, 누가 이야기를 하고 있는지 전혀 모른다는 것이었다. 그 결과, 나는 결코 이야기를 **가지지** 못했다. 이집트 여행 후 십수 년이 지나, 어머니와 나, 그리고 어렸을 적 우리 옆집에 살았던 어떤 여자에 관한 회고록을 쓰기 시작했다. 이때 처음으로 나는 상황에서 이야기를 떼어내려 애썼다. 이때 비로소 페르소나가 무엇인지 깨달았다. 또한 상황과 이야기, 페르소나, 이 모든 것이 서로 어떻게 연관되어 있는지도 이해하기 시작했다.

이 이야기—어머니와 나, 그리고 옆집 여자에 관한 이야기—는 이들 두 여자가 나를 한 여성으로 만들었다는 초기의 통찰에 근거해 있었다. 두 여자 모두 젊은 나이에 남편과 사별했고, 절망에 빠졌다. 한 명은 잃어버린 사랑을 찬미하는 데 남은 생을 바쳤고, 다른 한 명은 바빌론의 음녀*가 되었다. 아무

---

* 『요한 묵시록』에 등장하는 여성. 그리스도와 교회에 대적하는 악을 상징하는 은유적 표현이다. 비비언 고닉의 회고록『사나운 애착』에서, 어린 시절 옆집에 살던 네티는 남편이 죽은 후 신부를 비롯한 여러 남자들과 관계를 맺는 것으로 그려진다.

래도 상관없다. 어느 쪽이든 여기 아로새겨진 교훈은 여자의 인생에서 남자가 가장 중요하다는 것이었다. 어릴 적부터 이 교훈이 마음에 들지 않았던 나는 그것과 여자들을 버리고 탈출하기로 결심했다. 탈출했지만, 시간이 흐르면서 둘 중 무엇도 버릴 수 없다는 사실을 깨달았다. 특히 여자들. 더군다나 어머니는. 어머니의 유난스러운 자기도취로부터 벗어나리라 단단히 마음먹었건만, 세월이 쌓이면서 나의 다혈질적이고 신랄한 성격이 실은 애정에 굶주린 어머니의 호들갑과 다를 바 없음을 알았다. 더 나아가, 우리 모녀에게 자기 극화劇化는 행동의 대체물이라는 것도 알았다. 어머니뿐만 아니라 내 안에도 안톤 체호프적인 우유부단함이 춤추고 있는 것이다. 내가 어머니처럼 되었으므로 어머니를 떠날 수 없었음을 나는 불현듯 깨달았다.

나는 이 이야기, 냉엄한 진실의 서술을 정당화하는 이야기를 감상적이거나 냉소적이지 않게 풀어내고 싶었다. 내게 번뜩인 통찰―내가 어머니처럼 되었으므로 어머니를 떠날 수 없다는 사실―은 나의 지혜였다. 그런 심리적 혼란의 이야기를 절실한 마음으로 추적하고 싶었다.

이 이야기를 풀어내기 위해서는 적절한 어조의 목소리를 찾아야 했다. 징징거리고, 짜증스럽고, 닦아세우는 목소리로는, 특히 닦아세우는 평소의 목소리로는 부족할 터였다. 그리고 문장 구조의 문제가 있었다. 내가 일상적으로 사용하는 문장―파편적이고, 불쑥 끼어들고, 뒤엎는 문장―역시 먹히지 않을 테니 바꾸고, 조절하고, 억눌러야 했다. 그러고 나서 글을 쓰기 시작하자마자, 이야기가 숨통을 열고 스스로 나아가게 하려면 이 사람들과 사건들에서 **멀찍이** 물러나야 한다는 걸 알았다. 간단히 말해, 내 이야기에 더 자유로운 연상을 허용해 줄 유용한 관점이 필요했다. 내가 오랫동안 보지 **못하고** 놓쳤던 점은, 나인 동시에 내가 아닌 서술자에게서만 이런 관점이 나올 수 있다는 사실이었다.

나는 스스로 고쳐나갔다. 이 과정은 더디고, 고통스러웠으며, 놀랍게도 심한 자기 의심으로 가득 차 있었다. 그러다 10년 전 어느 여름에 썼던 일기를 발견했다. 쓸 만한 정보가 담겨 있을 테니 간절한 마음으로 일기를 열었지만, 괴로워서 금방 고개를 돌려버렸다. 소녀다운 자기 연민―"또 혼자다!"―에 흠뻑 젖은 글이 역겨웠다. 역겨움을 넘어 위협까지 느껴졌다. 계속 읽다 보니 그 분위기 속으로 빨려 들어가, 내가 만들어내려 애쓰고 있던 목소리를 고수할 수가 없었다. 나는 질겁하여 일기를 내던지고는 혼란과 패배감에 휩싸였다. 며칠 후 다시 시도해 봤지만, 침몰하는 느낌은 여전했다. 결국엔 일기를 치워버렸다.

어느 날, 어조와 문장 짜임새, 관점이 꽤 적절해 보이는 원고가 쌓여서 훑어보던 중 일기를 다시 펼쳐 조금 읽어보았다. 웃음이 나고, 흥미가 생기고, 몰입되기까지 했고, 몇 분 만에 메모를 시작했다. 나 자신을 잃지는 않겠구나, 하고 나는 안심

했다. 나 자신을 잃을 일 따위는 없다는 사실을 돌연 깨달았다. 내게는 나를 위해 싸워줄 서술자가 있었다. 이 서술자는 자신이 곧 어머니처럼 되었기에 그 곁을 떠나지 못한 여자, 바로 나였다. "또 혼자"라는 상황에 겁먹지 않는 서술자. 생각해보면, 그는 도시를 걸어 다니는 사람, 혹은 이혼한 중년의 페미니스트, 혹은 경제적으로 불안정한 작가인 나에게도 크게 휘둘리지 않았다. 이 서술자는 그저 견고하고 제한된 자아로, 중심을 잘 잡고 있는 듯 보였다. 나는 내가 해낸 일이 무엇인지 알았다. 페르소나를 창조해낸 것이다.

책을 쓰는 동안 나는 이 서술자―페르소나―에게 충실했고, 머지않아 더할 나위 없이 몰입하게 되었다. 나 혼자서는, 일상의 나로서는 할 수 없었을 이야기를 하는 이 타자와의 만남을 날마다 고대했다. 그를 발견한 행운이 믿기지 않을 정도였다(정말 그렇게 느껴졌다, 행운이라고). 그의 스타일, 너그러움, 초연함(나로부터의 휴식이라니!)이 감탄스러웠다. 뿐만 아니라, 그는 깨달음의 도구가 되기도 했다.

나중에 에드먼드 고스, 제프리 울프Geoffry Wolff, 조앤 디디온의 글을 읽고 또 읽으면서 나는 황홀경과도 같은 깨달음의 상태에 빠졌고, 지금까지도 거기서 헤어 나오지 못한 것 같다. 나의 글과 마찬가지로 그들의 글 역시 무언가에 '관한' 것이었다. 그들 모두 어떤 통찰 위에서 글을 구조화했으며, 이런 통찰에 적합한 페르소나를 창조했다. 나는 회고록과 에세이를 번

갈아 읽고 페르소나의 개발을 추적해나가며 희열을 느꼈다(내가 논픽션 작가임을 깨달은 것은 바로 이 희열 때문이었다). 에세이 거장들의 글을 읽기 시작했을 때 내가 감응한 것은 고백하는 목소리가 아니라, 진실을 말하는 그들의 페르소나였다. 즉 독자들은 유기적인 완전체로서의 서술자를 믿음직하게 여긴다. 우리와 여정을 함께하고, 글을 완성시키고, 우리의 시야를 전보다 넓혀주리라 믿을 수 있는 서술자.

논픽션 페르소나라는 개념을 받아들이고 나니, 힘겨운 경험을 할 때조차 그 순간을 더 넓은 시야로 이해하고자 하는 공통된 욕구가 우리 모두의 내면에 살아 숨 쉬고 있음을 이해하게 되었다. 그 시절엔 어디로 고개를 돌리든, 우리가 끊임없이 빠져드는 사건의 너저분한 흐름을 명확한 형태로 빚어내려면 혼자 애쓰기보다는 자기 안에서 서술자를 뽑아내야 한다는 사실을 실감할 수 있었다. 한번은 전남편과 내가 친구를 데리고 리오그란데강으로 래프팅을 하러 갔더랬다. 강은 뜨겁고 거칠었다. 음울하면서도 눈부시고 외졌다. 협곡의 벽들과 황량한 기슭에 둘러싸여 있었는데, 뱀들이 출몰하고 돌발 홍수로 물이 붇기도 했다. 강의 한쪽은 미국 텍사스, 다른 쪽은 멕시코 영역이었다. 우리가 그곳에 다녀온 지 일주일 후 멕시코 쪽 저격수들이 래프팅을 하고 있던 두 사람을 죽였다. 나중에 우리는 저마다 이 여행에 관한 글을 썼다. 남편은 우리 가이드였던 강가의 하층민들에 또렷하게 초점을 맞추었고, 친구는 불법

이민의 고통에 대해 냉정하게 썼으며, 나는 남편과 내가 얼마나 서먹한 사이가 되어버렸는지에 대해 음울하게 썼다. 이 글들을 나란히 놓고 읽는 것 자체가 대단한 경험이었다. 우리 셋 모두 강과 무더위, 고립감을 토대로 이야기의 틀을 짰다. 하지만 그 배에 나란히 앉아 있던 우리는 철저히 혼자서, 저마다의 불안으로부터 서술자를 조각해내고 있었다. 그 모든 아름다움과 가혹함의 한가운데에서 우리와 함께하고, 우리가 무엇을 겪고 있는지 이야기해줄 서술자.

일상에서 내 기준으로 나쁜 행동—공격적이고 도발적이고 거만한 행동—을 할 때면 래프팅을 하고 있던 그때의 나로 돌아간다는 사실이 이해되기 시작했다. 내 안에 휘몰아치는 급류를 잠재울 수 있는 서술자를 발견하기 전의 나 말이다. 더 차분할 땐, 그런 흐름이 바로 상황임을 볼 수 있다. 자기방어 심리에 사로잡혀 마구 휘돌기를 멈추고, 온전히 내 것은 아닌 어조와 구문, 관점을 채택하여 초점을 맞춘다. …… 무엇에? 남편? 가이드들? 불법 이민자들? 상관없다. 무엇이든 괜찮다. 그러고 나면, 오로지 당면 상황을 꿰뚫어 볼 수단으로서의 내 존재에 흥미가 동한다. 나는 중재자 없이 나 혼자서라면 익사하고 말 조수潮水를 잘 타면서 이야기를 찾을 수 있는 페르소나를 만들어냈다.

◇ ◇ ◇

이 책을 처음 쓰기 시작했을 땐 논픽션 쓰기를 개략적으로
설명할 생각이었지만, 이는 내 능력 밖의 과업임을 금세 깨달
았다. 회고록이나 에세이에서 진실을 말하는 서술자 — 작가
가 한 조각의 경험을 구조화하기 위해 자신의 불안하고 지루
한 자아에서 뽑아내는 서술자 — 만으로도 이야깃거리가 많다
고 느꼈다. 그런 서술자가 강하고 명료하게 드러나는 작품들
에 나는 여지없이 끌린다.

회고록과 에세이를 읽으면 읽을수록, 이 논픽션 페르소나
가 얼마나 기나긴 역사를 살아왔는지, 문화적 변화에 얼마나
잘 적응하는지 쉽게 이해할 수 있었다. 지난 세기가 저물어가
면서 '자아 찾기'의 개념이 — 실생활에서와 마찬가지로 문학
에서도 — 알아볼 수 없을 만큼 크게 바뀌었다. 하지만 이 자아
가 온전하든 파편적이든, 현실적이든 이질적이든, 친밀하든
낯설든, 논픽션의 페르소나는 소설과 시의 페르소나가 그렇듯
놀라우리만치 강하게, 지략을 발휘해 계속해서 자신을 재창조
해왔다. 새천년의 도래와 함께, 무슨 이야기가 됐건 그것을 담
을 상황과 이를 해석하여 진실을 말할 서술자가 탄생했다.

에세이

THE ESSAY

만약 윌리엄 해즐릿William Hazlitt이 매일 아침 불쾌한 기분으로 깨어나지 않았다면 「미워하는 즐거움에 관하여On the Pleasure of Hating」를 쓰지 않았을 것이다. 만약 버지니아 울프Virginia Woolf가 삶에 대한 애착을 쉽게 찾았다면 「나방의 죽음The Death of the Moth」을 쓰지 않았을 것이다. 만약 제임스 볼드윈이 자기 안의 흑과 백을 통제하기 위해 끊임없이 사투를 벌이지 않았다면 「미국의 아들의 기록Notes of a Native Son」은 세상에 나오지 않았을 것이다. 이 글들은 에세이와 가장 깊은 차원의 관계를 맺은 작가들의 작품이다. 에세이라는 형식 자체 덕분에 작가의 깊숙한 내면으로 과감히 파고들었다. 이 글들은 구색 맞추기 식으로 설명을 이어가거나, 사유와는 무관한 이미지들을 전개하거나, 서정적인 사색에 빠지거나 하며 지면 위를 방황하지 않는다. 시점은 신경계에서 생겨나 서술자의 형태로 농축된다.

서술자는 독자가 첫 장에서 바로 알아챌 수 있는 내적 충동을 동력 삼아 에세이를 착착 전진시킨다. 글에 추진력을 제공하여 내적 결단으로 이끌어갈 연상들을 구축하는 데에만 그 서술하는 자아를 이용해야 한다. 이 작가들은 자신을 '알지' 못할지도 모른다. 즉 우리만큼이나 자기 이해가 부족할지도 모른다. 하지만 중요한 사실은, 그들 모두 **글을 쓰는 순간에는** 자신을 잘 알고 있다는 것이다. 당면 주제와 관련하여 명료하게 이야기해야 한다는 사실을 알고 이 의무를 이행한다.

작가가 자신을 모르는 상태에서 집필을 한다면—다시 말해, 정체를 확실히 알 수 없고 설명하기도 어려운 동기에 휘둘린다면—이런 글은 결국 거짓이 되거나 심각하게 편협해질 가능성이 높다. 로런스D. H. Lawrence의 에세이 「여성은 변하는가Do Women Change?」가 대표적인 사례이다. 얼핏 현대 역사에서 주기적으로 되풀이되는 현상에 대한 고찰처럼 보이지만, 실제로는 1920년대의 페미니스트들을 규탄하는 글이다. 내 생각에 이 에세이가 실패작인 이유는 거기에 담긴 견해 때문이 아니라, 로런스 자신이 잘 모르는 바를 쓰려 했기 때문이다. 이 글을 망친 것은 작가의 무지다. "현대 여성은 새로운 부류라는데," 처음부터 끝까지 일관되게 빈정대는 어조로 그는 입을 뗀다.

정말 그럴까? 과거에도 그런 여성들이 많았던 것 같은데 말이다. 아니, 난 그렇게 확신한다. …… 여성은 여성이다. 단계가 있을 뿐이다. 이삼천여 년 전에도 로마, 시라쿠사, 아테네, 테베에는 오늘날의 여성들처럼 머리를 짧게 자르고 얼굴에 화장을 하고 향수를 뿌린 아가씨들과 부인들이 있었다. …… 현대성이나 모더니즘은 우리가 이제 막 만들어낸 발명품이 아니다. 그것은 문명의 끝마다 찾아온다. 가을에 나무 잎사귀가 노란빛을 띠듯, 모든 문명─로마, 그리스, 이집트 등등─이 최후를 맞을 때마다 여성들은 현대적이었다. ……

어느 독일 신문에서 우스운 이야기를 읽은 적이 있다. 현대의 젊은 남성과 현대의 젊은 여성이 밤에 호텔 발코니에 기대어 바다를 바라보고 있다. 남성: "요동치는 검은 대양으로 지고 있는 저 별들을 봐!" 여성: "닥쳐! 내 방은 32호야!"

이런 것을 두고 아주 현대적이라고들 한다. 아주 현대적인 여성. 그러나 티베리우스 황제 치하의 카프리섬에 살던 여성들 역시 로마와 캄파니아의 연인들에게 '닥쳐'라고 말했을 것이다. 그리고 클레오파트라 시대 알렉산드리아의 여성들 …… 그들은 똑똑했고, 그들은 세련됐으며, 그들은 이렇게 말했다. "오, 닥쳐, 자기! …… 내 방은 32호야! 그냥 요점만 말해!"

하지만 결국 그 요점이라는 것은 아주 휑하고 작은 방, 아주 무미건조하고 보잘것없는 정사에 불과하다. 막상 이르고 보면 기이할 정도로 무미건조한 요점이다. …… 연필에도 뾰족한 심이 있고, 주장에도 요점이 있으며, 발언에도 날카로운 요점이 담길 수 있다. …… 하지만 인생의 요점은 어디에 있는가?

자, 남성보다 여성이 이 사실을 잘 이해했었다. …… 인생이
란 …… 점들의 문제가 아니라 흐름의 문제임을 알고 있었다.
중요한 건 **흐름**이다. …… 오직 흐름.

언어는 강렬하고, 감정은 생생하며, 관점은 일관성 있지만,
이 글은 처음부터 끝까지 더 강해지지도 더 약해지지도 않는
단 하나의 어조로 비난과 책망을 퍼붓고 있다. 현대 사회의 병
폐와 불만의 원인을 찾아 쭉쭉 거슬러 올라가 보면, 완전히 '다
른' 무언가로부터 발산된 듯한 행동을 하는 '해방된' 여성들의
음흉하고 천박한 의도가 있다. 단 한 순간도—단 한 단락이나
단 한 문장에서도—서술자는 서술 대상에 공감하지 않는다.
현대 여성의 관점에서 현대 여성을 바라보지 않으며, 현대 여
성이 왜 지금의 모습이 되었는지 이해할 마음이 없다. 글에서
내적 움직임을 자극하는 데 꼭 필요한 역동성을 만들어내는
것은 공감이다. 소설에서는 자신이 가장 싫어하는 인물들—
『아들과 연인』에 등장하는 난폭한 아버지가 가장 유명하다—
에게까지 공감하는 모습을 보이는 로런스가 이 에세이에서는
끈질기게 '다른' 존재로 남은 여성들 때문에 퇴락한 세상을 끊
임없이 관조할 뿐이다.

「여성은 변하는가」 같은 글을 썼을 법한 또 다른 작가 해
즐릿과 로런스를 비교해보면 흥미롭다. 해즐릿이 썼다면 장황

하게 말을 쏟아내는 가운데 끊임없이 자신의 감정을 고해했을 것이다. 해즐릿 자신이 여성에게 품고 있는 불안감을 드러낼 글줄, 문장, 이미지를 거듭 토해냈을 것이다. 분노 뒤의 두려움을 보여줬을 테고, 그 결과 로런스의 글과는 완전히 다른 에세이가 탄생했을 것이다. 우리는 작가가 자신이 인정한 복잡한 감정을 이해하려 고투하고 있음을 깨달았을 것이다. 이러한 고투만으로도 서술 대상은 역동성을 얻었을 것이다.

해즐릿의 경우, 그의 머릿속은 피로 가득 차 있을지 몰라도 글은 그렇지 않다. 그는 신경증에 시달리지만, 에세이를 쓸 때는 자신의 분노를 인정하고, 그럼으로써 소재를 받아들인다. 반면에 로런스는 분노에 휘둘려 머리와 글이 피로 가득하다. 소설에서는 그렇지 않다. 여성에 대한 묘사는 여전히 감정적이고 적대적이지만, 아주 풍부한 상상력이 가미되어 저절로 상황이 조성되고 모든 인물이 인간적으로 이해된다. 『사랑에 빠진 여인들 Women in Love』과 『채털리 부인의 연인 Lady Chatterley's Lover』에서는 현대 여성―남자가 되고 싶어 하고, 의지가 강하며, 혈통이 최고라는 믿음을 거부하는 현대 여성들―에 관한 장광설이 되풀이되지만 그것이 작품을 장악하지는 않는다. 오히려 작품의 주제인 남성과 여성의 투쟁을 더 깊이 파고드는 데 꼭 필요한 요소이다. 결국 인물들은 상황을 공유하고, 모두가 얽혀들어 있기에 우리는 그런 상황의 위력을 훨씬 더 강하게 느낀다. 소설이라는 장르를 쓸 때 로런스의 내면은 확장된다. 이는 그가 타고난 소설가는 맞지만, 훌륭한 에세이스트는 아니라는 증거이다. 「여성은 변하는가」에서 로런스는 제 실력을 발휘하지 못한다. 여성은 역동적이지 못한 '그들'로 남는다. 에세이가 정적이고 밖으로 확장되지 못하는 까닭은 역동성의 부재 때문이다.

　로런스와 정확히 똑같은 방식으로, 소설은 잘 쓰면서 논픽션에는 서툰 작가가 또 있다. 나이폴 V. S. Naipaul이 인생을 바라보는 시각은 인간적인 온기가 전혀 없어 근본적으로 차갑다. 하지만 소설에서는 이 차가움이 녹아내린다. 관점은 여전히 암울하지만, 작품은 독을 품은 꽃처럼 활짝 벌어지고, 불가사의한 공감이 가동되며, 상황이 이야기를 불러오고, 인물들이 이야기를 전한다. 그러나 논픽션에서는 기함할 정도로, 그리고 치명적으로 공감이 결핍되어 있다. 나이폴의 소설 『게릴라 Guerrillas』를 에세이 「트리니다드의 학살 The Killings in Trinidad」과 함께 읽어보면 그 차이가 명확히 드러난다. 두 작품 모두 어느 광인에 대한 신문 기사에서 비롯되었다. 이 광인은 자칭 흑인 급진파 지도자가 되어, 그의 마력에 사로잡힌 한 상류층 영국 여성을 비롯한 다수의 추종자를 신에게 바친다는 명목으로 살해한다. 소설의 경우엔 공포의 위력이 글에 속속들이 신비롭게 스며들어 몽상적인 분위기를 자아낸다. 상황은 은유적으로 변한다. 에세이에서는 주요 인물들―피해자든 가해자든―이 표본 상자에 꽂힌 벌레들처럼 쪼그라들고, 옴짝달싹 못 하고, 위축된다. 나이폴은 서술 대상을 노골적으로 혐오하며 치를 떤다. 혐오감에 움츠러든다. 움츠러들면 제 실력을 발휘할 수 없다. 결국 독자들의 뇌리에는 작가의 끔찍한 감정만이 남는다. 나이폴은 너무 멀찍이 물러선 나머지 대상과의 교류에 꼭 필요한 적절한 거리감을 얻지 못한다.

상상력으로 쓰는 글에서는 대상에 대한 공감이 꼭 필요한데, 정치적 올바름이나 윤리적 온당함 때문이 아니라, 공감이 없으면 마음이 닫혀버리기 때문이다. 교류는 실패하고, 연상의 흐름은 말라버리고, 작품은 편협해진다. 여기서 내가 말하는 공감이란, 상대에게 감정을 이입함으로써 입체감을 부여하는 수준의 공감이다. 우리 독자들로 하여금 '타자'를 타자 자신의 시선으로 볼 수 있게 해주는 감정이입이야말로 글을 진전시킨다. 『존경하는 어머니Mommie Dearest』*처럼 서술자는 아무 잘못 없는 사람, 서술 대상은 괴물로 묘사되는 회고록은 상황이 정지 상태로 머물러 있기에 실패작이 된다. 드라마가 깊어지려면, 괴물의 외로움과 무고한 자의 교활함이 보여야 한다. 무엇보다, 서술자가 단순하지 않아야 대상에게 생명력을 부여할 수 있다.

---

* 미국 배우 조앤 크로퍼드의 수양딸인 크리스티나 크로퍼드가 쓴 회고록으로, 조앤 크로퍼드를 잔인하고 비이성적인 알코올 중독자로 묘사해 논란을 불러일으켰다. 조앤의 다른 딸들과 가족, 친구들은 그 내용이 거짓이라며 맹렬히 비난했다.

소설에서는 등장인물들이 모든 일을 떠맡는다. 누군가는 작가의 의향을, 누군가는 반대편의 생각을 전한다. 즉 누군가는 자아의 생각을, 누군가는 대치하는 타자의 생각을 대변한다. 그들 모두에게 발언권을 줌으로써 작가는 역동성을 얻는다. 논픽션 작가는 협업할 사람이 오로지 자기밖에 없다. 그러므로 작가가 움직임을 만들어내고 역동성을 얻기 위해 찾고 구해야 할 것은 자기 안의 타자이다. 결국, 서술자가 고백이 아닌 이런 종류의 자기 연구, 즉 움직임과 목적과 극적 긴장을 안겨줄 자기 연구에 몰두할 때 비로소 작품이 구축된다. 여기서 필요한 요소는 적나라한 자기 폭로이다. 자신이 상황에 일조한 부분─즉 자신의 두려움이나 비겁함이나 자기기만─을 이해해야 역동성이 만들어진다.

◇ ◇ ◇

자기 폭로가 논픽션을 가시적으로 빚어낼 수 있음을 멋지게 증명해 보이는 세 편의 에세이가 있다. 조앤 디디온의 「침대에서In Bed」, 해리 크루스Harry Crews의 「나는 왜 내가 사는 곳에 사는가Why I Live Where I Live」, 에드워드 호글랜드Edward Hoagland의 「거북이의 용기The Courage of Turtles」이다. 세 작품 모두 목소리의 어조─우아한 목소리, 으스대는 목소리, 이성적인 목소리─를 통해 서술자의 자세를 표명하면서 시작한다.

에세이가 진행됨에 따라 이 어조는 누그러진다. 부드러워지고, 질문을 던지며, 추측을 유도한다. 어조의 변화와 함께 서술자의 자세도 바뀐다. 이런 변화 과정은 이야기를 실어 나르는 수단이자, 어떤 중요한 방식을 통해 이야기 자체가 된다. 각각의 에세이에서 우리는 제 그림자에서 벗어나려—거저 얻은 확신에서 벗어나 진중한 재검토로, 명확한 자기 이해로 옮겨 가려—애쓰는 정신과 마주하게 된다. 이 개념적 은유는 종이 위에다 생각을 명확히 밝히는 사적인 행위를 통해 실현된다.

디디온의 글쓰기를 구성하는 원리는 평범하고 일상적인 불안이다. 이로부터 디디온은 재능을 멋지게 떠받쳐주는 우울하고 흔들리는 페르소나를 창조해냈고, 적어도 한 편의 불후의 소설(『모든 것은 순리대로Play it as it lays』)과 미국 문학 역사상 가장 뛰어난 에세이 몇 편을 남겼다. 디디온의 소설들에서 불안은 언제나 이야기를 돕기보다는 이야기 자체가 될 위험에 처하지만, 자아 너머의 대상—편두통, 흑표당Black Panthers,* 캘리포니아, 아메리칸 드림—과 교차할 수밖에 없는 에세이에서는 디디온의 매력적인 신경과민이 훌륭하게 통제된다. 이런 형식의 글쓰기에서 디디온의 실존적 불안은 예술적 기교 안에서 성숙하여 통찰을 변화시키며, 작가의 정서적 장애가 적

---

* 1965년에 결성된 미국의 급진적인 흑인운동 단체. 마틴 루서 킹 목사의 비폭력 노선이 아니라 맬컴 엑스의 강경 투쟁 노선을 추종했다.

나라하게 이용됨으로써 문학 작품이 빚어진다. 편두통에 관한 유명한 에세이 「침대에서」는 내가 꼽는 디디온의 작은 걸작들 중 한 편이다.

에세이는 이렇게 시작한다.

한 달에 서너 번, 가끔은 다섯 번, 나는 편두통 때문에 세상을 감각하지 못한 채 하루를 침대에서 보낸다. 달마다 거의 매일, 편두통의 습격을 받는 사이사이에, 비이성적인 짜증이 돌연 치솟고 대뇌동맥으로 피가 쏠리면서 편두통의 신호가 울리면 나는 그것의 도착을 막기 위해 특정한 약들을 먹는다. 약을 먹지 않으면, 아마 나흘에 하루꼴로 정상적인 생활이 가능할 것이다. 요컨대, 편두통이라는 생리적 오류가 내 삶의 중심에 자리 잡고 있다. 내 나이 열다섯, 열여섯, 심지어 스물다섯이었을 때도, 이 오류를 부인하기만 하면 없앨 수 있으리라, 성격으로 화학작용을 이길 수 있으리라 생각했었다. 어떤 지원서에 이런 질문이 있다고 가정해보자. '얼마나 자주 머리가 아픕니까? 가끔, 수시로, 안 아프다. 하나를 택하시오.' 지원서를 잘 작성하면 얻을 수 있는 무언가(일자리, 장학금, 인류의 존경, 신의 은총)를 원하기에 나는 함정을 조심하며 하나를 택할 것이다. '가끔'이라고 거짓말을 할 것이다. 일주일에 하루 이틀은 거의 정신을 못 차릴 정도로 아프다는 사실은 내가 화학적으로 열등할 뿐만 아니라 태도가 불량하고 기질이 불쾌하며 사고가 잘못되었음을 말해주는 증거이자 수치스러운 비밀처럼 보이니까. …… 뇌종양도 없고, 눈이 쉽게 피로해지지도 않고, 고혈압도 아니니, 내겐 아무 문제도 없었다. 그저 편두통이 있을 뿐이었고, 편두통이 없는 모든 이들에게 편두통이란 가상의 병이었다.

이 단락에는 서술자가 심리적 꾀병을 부리는 건 아닐까 하고(사람들이 편두통 환자를 두고 흔히 생각하듯이) 독자들이 의심하는 사태를 미연에 방지하려는 의도가 다분히 담겨 있다. 디디온의 정교한 구문과 우아한 어휘는 자기 통제의 개념을 고무하는 지성을 보여준다. 문장이 교양 있을 뿐만 아니라 어조도 자신만만하다. "편두통이라는 생리적 오류", "비이성적인 짜증이 돌연 치솟고 대뇌동맥으로 피가 쏠리면서" 같은 표현을 사용하는 사람이 어떻게 히스테릭한 두통을 달고 살겠는가?

정신적으로 건강한 이 서술자는 이어서 편두통에 유전적 요인이 있다고 알려준 다음, 편두통의 원리를 의학적으로 세밀하게 설명하고, 편두통의 기운에 휩싸여 있을 때의 느낌을 한 단락 통째로 할애해 상세히 묘사하는데, 여기서도 문장 짜임새와 어휘의 우아함은 그 자체로 권위가 느껴질 만큼 대단하다.

편두통의 화학작용은 …… 뇌에 본래 존재하는 세로토닌이라는 신경 호르몬과 얼마간 연관돼 있는 듯하다. 편두통이 시작되면 혈중 세로토닌 양이 급격히 떨어지는데, 세로토닌에 어느 정도 영향을 미치는 것은 하나[약]뿐인 것 같다.

그러나 편두통이 진행 중일 때는 어떤 약도 듣지 않는다. …… 편두통의 기운 속에 있으면 …… 빨간불을 무시한 채 달려버리고, 집 열쇠를 잃어버리고, 손에 들고 있는 것을 쏟아버리고, 눈의 초점을 잃거나 논리적인 문장을 말하지 못한다. …… 실제적인 두통이 찾아오면 오한과 발한, 메스꺼움, 그리고 인내의 한계를 시험하는 듯한 쇠약도 함께 온다. 편두통으로 죽는 사람은 아무도 없다는 사실이, 심한 편두통을 앓는 누군가에게는 애매모호한 축복이다.

다시 말해, 서술자가 도무지 통제할 수 없는 힘들이 작용하고 있다는 것이다.

에세이가 3분의 2 정도 진행됐을 때 한 단락의 중간에 느닷없이 관점의 미세한 변화를 암시하는 문장들이 등장한다. "우리 편두통 환자들을 괴롭히는 것은 병 자체뿐만이 아니다. 우리가 아스피린 두 알만 삼키면 나을 수 있는데 이를 거부하는 삐딱한 인간들이라는, 자신을 병들게 한다는, '병을 자초한다'는 통념에도 우리는 고통받는다. 그리고 사람들은 왜 우리가 이번 주 화요일에는 머리가 아프고 지난주 목요일에는 아프지 않았느냐는 직관적인 의문을 품는데, 당연히 우리는 자주 아프다." 이건 뭘까? 복잡한 문제가 아주 살짝 암시되어 있다.

순식간에 이 암시는 강한 의혹으로 확대된다. "그리고 나는 편두통과 함께 사는 법을 배웠다. 언제 찾아올지 예상하고, 편두통의 허점을 찌르고, 심지어는 그것이 찾아오면 하숙인보다는 친구로 여기는 법을 터득했다." 하숙인보다는 **친구**? 지금 우리는 어디로 가고 있는 걸까?

우리의 생각과 달리, 편두통은 무작위로 찾아오지 **않는** 모양이다. 어떤 패턴이 있는 것 같다. 아주 시끌벅적한 사건들이 아니라 일상생활의 평범한 좌절과 연결된 패턴. 실존적 경보를 울리면서 어떤 이들을 음주로, 어떤 이들을 과식으로, 그리고 어떤 이들은…… 음, 편두통으로 몰고 가는 좌절. "집이 홀랑 타버리고 남편이 나를 떠났다고 해서, 거리에서 총격전이 벌어지고 은행에 강도가 들었다고 해서 두통이 생기지는 않는다. 대신, 나의 삶과 남몰래 게릴라전을 벌일 때 두통이 찾아온다. 집 안의 작은 혼란들, 세탁물 분실, 마뜩잖은 도움, 약속 취소가 잇따르는 몇 주 동안, 전화벨이 너무 많이 울리고 되는 일은 하나도 없고 바람이 불기 시작하는 날에. 초대하지도 않은 친구가 불쑥 찾아오는 날에."

이제 서술자와 편두통의 관계는 급속도로 깊어진다. 역설적이게도, 그에게 편두통은 곧 진통제가 된다. 그렇다, 편두통 자체는 지독히 무서운 진통제다. 하지만 서술자는 위안이 필요할 때면 기꺼이 한 고통을 유도하여 또 다른 고통, 즉 평범한 일상의 고통을 제거한다.

상황은 훨씬 더 농밀해진다. 서술자는 자신의 뇌에 대참사를 일으키더니 급기야는 그 대참사가 제법 **마음에 든다**고 말한다. 실은 그에게 더할 나위 없이 적합하다. "일단 편두통이 찾아오면 …… 난 더 이상 그것과 싸우지 않는다. 누워서 그 일이 일어나도록 내버려 둔다. 처음엔 온갖 사소한 근심이 커지고, 모든 불안이 극심한 공포로 변한다. 그러다 통증이 시작되면, 나는 오로지 거기에만 집중한다. 바로 거기에 편두통의 유용함이 있다. 통증에 집중해야 하는 강요된 요가 속에."

두통은 곧 정화 작용이다. 정화가 끝나면 세상은 새로워 보이고, 서술자는 다시 태어난 것처럼 느낀다. "열 시간이나 열두 시간 후 통증이 줄어들면 숨어 있던 분노, 헛된 불안도 덩달아 사라진다. 편두통이 회로 차단기 역할을 했고, 퓨즈는 온전하게 남는다. 통증이 물러가고 나면 유쾌한 희열이 남는다. 나는 창을 열어 공기를 느끼고, 고마운 마음으로 먹고, 푹 잔다. 층계참의 유리병에 꽂힌 꽃 한 송이가 특별해 보인다. 나는 나에게 내려진 축복을 헤아려본다."

에세이를 여는 문장이 복잡한 반면, 이 마지막 문장들은 아주 단순하다. 편두통 뒤에 찾아오는 노곤한 평온함, 그리고 서술자가 자신이 진정으로 말하고자 했던 바를 곱씹으며 생각의 속도를 줄이는 행위를 반영한다.

디디온이 자기 내면을 파고들어 쓴 '에세이'는 우리 모두가 알고 있는 진실을 말해준다. 일상의 불안은 우리로 하여금 자신의 안녕에 반하는 행동을 하게 만들고, 가끔은 수치스러워 눈 뜨고 보기 힘든 괴팍한 행위를 유도할 만큼 그 위력이 무자비하다는 것이다. 디디온은 이 한 조각의 진실을 속속들이 알고 있다. 수치심은 디디온의 흔들리는 페르소나가 지닌 주된 특징이다. 수치심은 고백으로, 처벌받고 싶은 욕구('바로 거기에 편두통의 유용함이 있다')로 이어진다. 디디온은 이 글을 담아내기에 제격인 상황에다 자신의 뛰어난 이해력을 능수능란하게 적용하면서, 검버섯 핀 손등만큼이나 친숙한 감정의 응어리를 풀어주는 태도 변화―고고한 거리 두기에서 신중한 자기기만으로, 마지못한 시인으로의 변화―의 여정을 독자와 함께한다.

◇ ◇ ◇

자기 신화화에 열을 올리는 미국 남부 출신 작가 해리 크루스는 자신이 자란 조지아주의 늪지 문화를 배경으로 길고 짧은 소설들을 쓴다. 에세이 「나는 왜 내가 사는 곳에 사는가」에서는 대리인이 아닌 자기 자신을 이용하여 '고향'에 대한 지독한 양가감정을 이야기하는가 하면, 누구에게나 있는 그런 심리의 치명적 급소를 탐구하기도 한다. 이 에세이 역시 작가의 강렬한 선언으로 시작된다.

동트기 두 시간 전 내가 사는 곳을 나서면, 크레슨트 비치라는 적요하고 작은 모래사장에서 고기 한 토막을 모닥불로 던져 넣은 다음 몇 분 후 누워서 보드카를 병째 마시고 핏빛 소고기 한 덩어리를 씹으며 대서양에서 솟아오르는 태양을 볼 수 있다(어른이 되기 전까지 연못보다 더 큰 수역을 본 적이 없는 사람에게는 두려우면서도 신비롭게 아름다운 광경이다). 태양이 떠오르는 동안, 머리가 욱신거리도록 보드카를 마시고 소고기로 배를 가득 채운 나는 담요에 누워 있고, 비키니 차림으로 해변을 서성이는 아름다운 플로리다 대학 아이들의 매끈한 몸은 베이비오일을 땀처럼 흘리며 더할 나위 없이 천진한 육욕(물론 지극히 상스러운 성질의 육욕)을 밝은 공기 속으로 발산하고 있다. 이 모든 것이 시들해지기 시작하면—뭔들 그렇지 않으랴?—해변을 떠나 부두 끝으로 가서 캡틴스 테이블 식당에 앉아 야자나무 새순 샐러드와 뜨겁게 삶은 새우를 먹고, 기다랗고 차가운 유리잔에 담긴 맥주를 홀짝인다. 그사이, 그날 아침 대서양에서 떠올랐던 태양은 따뜻하고 잔잔한 멕시코만으로 가라앉는다. 이렇게 기막힌 하루가 지나간다. 하지만 내가 플로리다주 중북부의 마을 게인스빌에서 사는 진짜 이유는 따로 있다.

공격적인 허세가 담긴 놀라운 단락이다. 그 리듬(강렬하고 길게 늘어지는 리듬), 그리고 "난 이런 사람이야, 싫으면 꺼져"

라고 어깃장을 놓는 듯한 대담한 취향 묘사가 공격적이며, 이 공격성은 과장된 약 올리기로 끝이 난다. 독자들은 싸움이라도 걸어오는 듯한 작가의 태도에 곤혹스러워진다. 왜 그런 어조를 썼을까? 그 의미는 뭘까? 답은 하나뿐이다.

도발적인 의견, 당혹스러운 반어법, 의식적인 여담이 에세이의 절반을 차지하면서 불안정한 분위기를 자아낸다. 이다음 몇 단락에서도 독자들을 도발하며 놀리는 듯한 어조는 고스란히 유지된다. 크루스는 학자로서 필요한 자료가 아닌, 이런저런 단편적인 정보들(이를테면, 1950년 캘리포니아주 베이커스필드의 자동차 극장에는 차가 몇 대나 들어갈 수 있었을까?)을 찾으러 대학 도서관을 이용하고, 좋아하는 술집까지 걸어서 20분 걸리고(덕분에 "주님 보시기에 가증한 것, 차"를 타지 않아도 된다), 6년 동안 그의 혼을 쏙 빼놓은 젊은 여성의 집까지는 더 적은 시간이 걸린다고 말한다. 하지만 이 중 무엇도 그가 게인스빌에 사는 이유는 아니라고 각 단락의 끝에 밝힌다.

이 남자는 자신만만함("어떤 사람들은 분석당하고, 나는 최면에 걸린다")과 망설임("아니, 달리 말하면, 나 말고는 누구도 이 설명에 만족하지 못할지도 모르겠다") 사이를 오가는 구절들을 통해 자신이 반신반의 상태에 있음을 거듭 알린다. 어느 쪽이든, 본론으로 들어가기 전 자신의 사기를 높이려 애쓰는 한 남자의 방어적인 자세가 드러난다.

그러다 에세이가 한창 진행되는 와중 어느 단락의 중간 즈음 느닷없이 본론이 시작된다. 그는 소나무, 떡갈나무, 야생 자두나무, 마구 뒤엉켜 정체를 알 수 없는 온갖 땔나무가 우거진 도심의 3에이커(약 1만 2000제곱미터) 땅에 살고 있으며, 깨끗이 청소된 공간은 집으로 이어지는 아주 좁은 길밖에 없다고 말한다. 그가 절대로 손대지 않는 일들이 많기 때문인데, 그중 셋을 먼저 꼽자면 세차, 구두 광내기, 잔디 깎기이다. 그런 다음 그는 집 안쪽에 있는 작업실의 뒷벽이 유리라고 설명한다.

타자기에서 눈을 들면, 듬성듬성한 갈대숲 사이에 서 있는 거대한 태산목 한 그루를 지나, 신이 만든 가장 푸르른 양치류가 빽빽이 자라 있는 기슭 아래 작은 시내가 보인다. 상상 속에서 나는 저 작은 시내를 거슬러 기나긴 굽잇길을 지난 후시내와 스와니강이 만나는 지점까지 간 다음, 스와니강의 거뭇한 물을 따라 올라가다, 거의 난공불락의 요새 같은 오커퍼노키 습지에 다다른다. 오커퍼노키는 크리크족* 말로 '진동하는 땅'이라는 뜻인데, 습지의 섬들—그중 일부는 수백 그루의 거목들이 워낙 빽빽이 우거져, 뿌리들이 담요의 털만큼이나 촘촘히 얼키설키 얽혀 있다—대부분이 실은 물 위에 떠있고, 흑곰이 섬 하나와 부딪치기라도 하면 습지 전체가 진동하기 때문에 그런 이름이 붙었다.

---

*   미국 조지아주와 앨라배마주에 살았던 북아메리카 인디언.

내가 항상 출산에 대한 은유로 생각해온 이 길고도 서정적인 단락에서 퍼져 나온 문장들―진중하고 직접적이고 거침없는 문장들―이 무방비 상태의 추억으로 곧장 이어진다. 서술자는 자신의 생각 속으로 온전히 들어간다. 반어법도 여담도 이제는 없다. 자기방어의 욕구는 잦아든다. 그는 더 이상 독자를 두려워하지 않는다. 독자를 잊었으니까. 이제부터 그는 정말로 하고 싶었던 말을 한다. "내가 살고 있는 여기 플로리다주 북부는 내가 태어나 성년까지 자란 곳에서 160킬로미터 남짓 떨어져 있다. 언제나 내 것이었던 유일한 장소를 여전히 볼 수 있을 만한 거리이고, 혈육보다 더 깊은 정을 나눈 사람들과 충분히 가까이 있다."

이 순간부터 어조는 완전히 바뀌어, 작가의 어색한 태도는 줄어들고 그의 사유가 거침없이 펼쳐진다. 이제 정말 흥미로운 이야기가 전개된다. 진중함과 불안감이 자리를 바꾸며 서로의 자리를 이어받는다. 불안감은 부차적인 문제가 될 뿐 극복되지는 않는다. 어색한 느낌이 돌아오기도 하고, 자기방어적인 태도 역시 그렇지만, 이런 이탈은 확연히 줄어든다. 작가는 자신의 통찰에 열중한 나머지, 평생을 걸려 이해하게 된 단순하고도 심오한 사실 앞에 무방비로 서 있게 된다.

조지아주에서 일하려고―그러니까 글을 쓰려고―해봤지만, 할 수가 없었다. 엄마의 농장 같은 최선의 환경도 내게는 너무 버거웠다. 너무 인연이 깊고 너무 가까운 그곳을 이용해봤지만 아무것도 얻어낼 수가 없었다. 조지아주에서 글을 쓰려고 하면 기억력이 고장 나는 것 같다. 이야기를 머릿속에 담아놓기가 어렵다. 한 페이지를 쓰고, 다섯 페이지 후에 다시 보면 앞서 쓴 글이 초점을 벗어나 있다. 이것이 좀 더 심각한 문제의 징후라면, 더는 알고 싶지 않고 정말이지 이해하고 싶지도 않다.

여기 게인스빌에서의 생활은 내가 글을 쓰는 데 필요한 지리적이고 감정적인 거리감을 주는 듯하다. 너무 멀리 떨어져 있어도 글이 써지지 않는다. 한번은 테네시주에서 소설을 써보려고 했다가 두 달을 엉망진창으로 허송세월한 후 절망 속에 작업을 접었다. 또 한번은 레이크 플래시드 근처의 아름다운 집―집필하기에 완벽한 장소―을 친구에게 빌려 넉 달을 보낸 적도 있는데, 배불리 먹고 창 너머 산을 바라보기만 할 뿐 일에는 손도 대지 않았다.

다시 말해, 고향을 떠나지 않으면 숨이 막히고, 너무 멀리 떨어지면 산소를 잃어버린다.

이 에세이는 한 작가가 자신의 지혜를 전하기 위해 위기감을 극복해내는 모습을 지켜보는 데 의미와 가치가 있다. 크루스는 서서히―인생에서도 그랬듯―그 지혜에 닿을 수 있었다. 에세이를 거울삼아, 인정하기 두렵고 창피한 일을 마주하는 어려움을 비춤으로써 서서히 더 깊은 통찰로 우리를 이끈다. 그러니까, 누구나 자기 이해에 도달하기를 **꺼린다**는 진실 말이다. 이를 반영하듯 크루스의 글 역시 망설임을 띠고, 바로 이 지점에서 우리는 이 작품의 은유적 가치를 찾을 수 있다. 여기서도 서술자가 **자신**에 대해 쓰는 방식이 곧 에세이의 주제가 되어 메아리처럼 서로를 모방한다.

◇ ◇ ◇

논픽션이 자기 속의 '타자'를 이용하는 방식을 보여주는 세 사례 중 가장 흥미진진한 작품은 자연 에세이의 탈을 쓴 자기 연구의 기록, 에드워드 호글랜드의 「거북이의 용기」이다. 나는 자연과 관련된 글을 잘 읽지 않는 편이다. 좀처럼 이해가 되지 않아서다. 은유는 항상 억지스럽게 느껴지고, 감성은 이질적이다—서술하는 목소리의 숨죽인 듯 성스러운 '고요함'이라니. 그러나 「거북이의 용기」는 미국에서 가장 도시적인 자연주의자의 글이다. 글의 말미에 이르면 호글랜드의 '고요'가 그리 고요해 보이지 않는다.

이 에세이의 서술자인 40~50대 남자는 시골에서 자라면서, 사랑하는 숲이 교외 개발지로 변하는 모습을 지켜보았다. 그가 자랄수록 주변 세상이 점점 더 넓어지다가—길 건너편의 2에이커(약 8000제곱미터)짜리 연못에서 1.6킬로미터 떨어진 더 큰 연못으로, 산속의 호수만 한 연못으로—마침내는 붕괴하고 말았던 사실을 기억하고 있다.

오랫동안 개발업자들은 접근하지 않았지만, 1960년대 중반 가뭄이 들자 …… 꼭 진흙 연못을 정화조로 쓸 필요는 없다고 지역 수도 회사를 설득했다. …… 그래서 그들은 불도저로 흙 댐에 구멍을 뚫고, 둑을 밀어 바닥을 메운 다음, 물이 여전히 영국의 개울처럼 굽이치며 곧 들어설 주택들에 가정적인 경관을 제공하도록 조경했다. 누구의 방해도 받지 않고 진흙 연못의 바위 위에서 햇볕을 쬐던 비단거북들은 며칠 만에 사내아이들에게 붙잡혀 벽장 속 상자에 갇히고 말았다. 비단거북들이 쓸쓸히 헤매며 마른 이파리들에 남긴 발자국은 그들의 행방을 누설하는 정보가 되었다. 1년에 딱 한 번 알을 낳을 때 빼고는 물에서 나오지 않는 도미와 작은 사향거북은 또 다가올 무더위에 대비해 말라가는 진흙 속으로 파고들었다. 연못의 수위가 낮아질 때마다 하던 일이었지만, 이번엔 물이 영영 차오르지 않았다. 그들 위로 진흙이 굳으면서 서서히 그들의 무덤이 되었다.

에세이는 이렇게 시작되는데, 차분히 중립성을 유지하는 목소리가 아주 인상적이다. 이 목소리는 단 한 번의 변화 없이—여유로운 시작부터 흠칫 놀라게 되는 마지막 줄까지—매끄럽게 전진하면서 표면 아래 흔들림 없이 쌓여가기 때문에, 독자들은 서술자의 무심하리만치 초연해 보이는 모습에 속아 넘어갈 뻔한다. 하지만 우리는 도시로 떠나는 서술자가 거북이를 앞으로는 매일 보지 못할 동물의 상징으로 여기기 시작했음을 알게 된다. 왜 하필 거북이일까.

거북이는 기침하고, 트림하고, 휘파람을 불고, 툴툴거리고, 야유하듯 쉬 하는 소리를 내고, 사회적인 판단을 내린다. 사이좋게 머리를 맞대고 있다가도, 남에게 들리지 않을 정도로 조용히 이야기를 주고받던 두 마리 개들처럼 갑자기 한 놈이 다른 놈을 쫓아버린다. 처음 잡혔을 땐 무서워서 오줌을 싸지만, 용기와 낙천주의를 발휘하여 탈출을 시도한다. 걷기에는 잔인할 정도로 불편하게 배치된 다리들 위로 거추장스러운 상자를 신고서 우리 안을 수백 미터씩 걸어 다닌다. 그들은 이 경주가 불공평하다고 느끼지 않는다. 악착같이 버티고, 선원의 혼처럼 이리저리 갸우뚱거리다가—아래위로 달싹이는 허약한 걸음걸이, 흔들림 없이 용맹한 추진력—이따금 멈추어 자세를 살핀다. 어쨌든 내가 보기에 거북이는 동물 세계 전체를 담고 있다. 기린처럼 목을 쭉 뺄 줄 안다. …… 하마처럼 …… 물속으로 어렴풋이 보이고 …… 소처럼…… 풀을 뜯어 먹는다. …… 펭귄의 기민함을 지녔을 뿐 아니라, 발끝으로 일어서면 체구가 브론토사우루스만 하다. 그러다가도 앞으로 나아가는 회색곰처럼 몸을 웅크리고서 육중하게 돌진한다.

새끼 거북이들이 특히나 큰 즐거움을 주는데—어려서 죽는 경우가 허다하지만, 사는 동안에는 "강아지 같고 …… 기하학적 퍼즐 같으며 …… 제 뜻대로 움직이는 건축용 블록처럼 다양한 배열로 서로를 받쳐주며 층층이 탑을 쌓아 올라가다가 무너져 내린다"—호글랜드가 키우는 새끼 우드터틀도 마찬가지여서, 지나가는 땅을 매의 눈과 입으로 응시하고, 몽구스처럼 공격하며, 그의 무릎으로 기어 올라와 빵이나 삶은 달걀을 먹는다.

호글랜드의 무척 냉담한 목소리와 대비되는 이런 묘사들은 읽는 즐거움이 있다. 서술자가 거북이들을 열심히 관찰하는 모습에 우리는 이렇게 설득당한다. 아, 그래, 다행이지 뭐야! 어쨌든 이 사람한테도 감정이라는 게 **있구나**, 감정 없는 목소리로 말하는 게 더 편할 뿐인 거야(일부 남자들이 어떤지 **여러분도** 알지 않는가), 하지만 **분명** 이 남자는 거북이들에게 애착을 갖고 있어, 거북이들이 그와 연결되어 있어.

이렇게 에세이는 느긋하게 진행되고, 시간은—도시의 시간도, 서술자의 시간도—흘러간다. 이윽고 호글랜드와 거북이에 관한 연구가 서서히 마무리되어간다. 그리고 우리는 마지막 단락에 이른다.

1번 애비뉴를 걷다가 어느 물고기 가게 앞에서 살아 있는 거북이들을 넣어놓은 양동이를 발견했다. …… 들여다봤다가, 내가 좋아하는 우드터틀처럼 보이길래 마음이 동해 한 마리를 샀다. 아파트로 돌아와 더 자세히 봤더니 다이아몬드백 테라핀이었다. 골치 아프게 …… 녀석은 게걸스레 물을 마셔댔지만 먹이에는 입을 대지 않았고 우드터틀의 쾌활함과 친화력은 눈곱만큼도 없었다. 뚱하고, 더 창백한 빛깔에, 더 반들반들하고 더 동양적이었다. …… 딱한 마음이 들기도 했지만, 이런 뚱고집이 짜증스러운 지경에 이르렀다. 나는 종이봉투 속에서 버둥대는 녀석을 데리고 도시를 가로질러 허드슨강의 모턴 스트리트 피어로 갔다. …… 내가 강물로 던지자 녀석은 화들짝 놀랐다. 우리가 관계를 맺은 이래 처음으로 녀석이 두려움을 보였던 것 같다. 3미터 아래의 수면에서 몸을 깐닥이며 나를 올려다보는 모습에 두려움이 배어 있었다. …… 나는 내가 잘못을 저질렀음을 깨달았다. …… 강물에 염분이 있긴 했지만, 바닥이 까마득했다. 물결은 녀석이 감당하기에 너무 거칠었고, 밀려드는 강물 때문에 녀석은 부두 아래의 말뚝들에 부딪혔다. 녀석이 어느 방향으로 가야 하는지 알아낸다 한들 뉴저지로 들어가는 잔잔한 만까지 헤엄쳐 가기는 글렀음을 나는 너무 늦게 깨달았다. 녀석을 따라 강물로 뛰어든다면 모를까, 내가 할 수 있는 일은 아무것도 없었기에 나는 자리를 떴다.

끝이다. 이게 전부다. 글은 이렇게 끝난다.

이 에세이를 처음 읽었을 때 나는 마지막 줄을 노려보면서 이런 생각을 했다. 실은 호글랜드와 여자들에 관한 이야기로군. "나는 거리에서 그 여자를 골랐다. 딱 내 타입이었으니까. 집으로 데려왔다. 아뿔싸. 실수였다. 잘못 골랐다. 어디 딴 데서 일렁일렁 물결을 타며 놀게 놔두자. 아뿔싸. 또 실수를 저질렀다. 이 여자가 헤엄을 칠 줄 모르네. 안됐군. 하지만, 어이. 내가 뭘 어쩌겠어?"

두 번째로 읽었을 때, 자연의 존재감이 약해지면 우리 안의 감정이 소실된다는 이야기구나, 하고 생각했다.

세 번째로 읽었을 때 이런 생각이 들었다. 둘 다구나.

일단 마지막 줄을 이해하고 나면, 글 전체에서 그 반향이 느껴진다. 독자들은 거북이를 인간적인 친밀감의 대용물로 사용하는 남자가 글의 맨 처음부터 존재했음을 깨닫는다. 그는 분명히 말한다. 어릴 적에 모든 동물을 사랑했고, 친구인 그들과 평화롭게 살 수 있을 줄 알았노라고. 하지만 개발업자들이 자꾸 몰려들었다. 그리고 마을의 생물들은 진흙에 파묻혔다. 그래도 그는 거북이처럼 살아남았다. 냉정하고 차분하고 기민하게. 자기 안에 다양한 세상을 품지는 않으면서도, 이상한 사람이라는 비난을 피할 정도로만 반응하며.

이 에세이에 내적 활기를 불어넣는 것은 호글랜드의 복잡성―우아한 침잠과 열성적인 관찰의 결합―이다. 그의 복잡한 감정은 글에 질감과 드라마를 더한다. 이 감정은 끈기 있게 '묵묵히' 우리를 극명한 유아론唯我論으로 이끌고 간다. 거북이는 서술자에게 자기 밖의 모든 것은 허상에 지나지 않음을 가르쳐주었다.

소로*에게 어울릴 법한 은유이다. 연못을 다니며 스스로를 냉철하고 훌륭하게 성찰하면서, 역시 이상한 인간이라는 비난을 아슬아슬하게 피한 사람.

◇ ◇ ◇

때로는 단순히 자아의 균열을 **보여주려고** 에세이를 쓰기도 한다. 작가에게 고백만으로도 그 존재 가치로 우리의 관심을 끌 수 있는 재주가 있다면 말이다. 시모어 크림Seymour Krim이 바로 그런 글쓰기를 열성적으로 실천한 작가이다.

크림은 유대계의 디디온이다. 그의 글은 작가 자신의 불안을 형상화하는 작업에 기대는 글쓰기의 즐거움과 위험을 전형적으로 보여준다. 필립 로페이트**가 크림에 관한 더없이 완벽한 주석에서 전하는 바에 따르면, 1950년대에 크림은 에세이

---

* 　헨리 데이비드 소로Henry David Thoreau. 미국 출신의 철학자, 시인, 에세이스트이다. 랠프 월도 에머슨Ralph Waldo Emerson과 함께 초월주의 운동을 이끌며,『월든』이라는 대표작을 남겼다.

** 　Phillip Lopate. 미국의 영화 평론가이자 에세이스트, 소설가, 시인.

용 페르소나—"세상 물정에 밝고, 신경질적이고, 야심만만하고, 자조적이고, 조증이 있으면서도 우울하거나 비관적인, 전형적인 뉴요커"—를 만들고, 이 페르소나를 통해 그의 신경쇠약, 갈망, 그리고 세속적으로 성공한 자들에 대한 시기심을 엮어 하나의 정체성을 직조해냈다. 19세기 영국의 위대한 괴짜 에세이스트들(찰스 램Charles Lamb, 해즐릿 등등)의 작법과 매우 유사하다. 그들 역시 우리에게 생생하고 입심 좋게 이야기를 들려줄 열성적이고 병들었으며 자기중심적인 목소리를 만들어냈다. 이 목소리들은 지루하거나 진을 빼놓기보다는 즐겁고 교훈적인 독백을 지어내는 비범한 성취를 이루었다.

크림이 글을 쓰던 시절—회색 플란넬 양복을 입은 남자*와 비트족**이 **공존**했던 1950년대—그의 목소리에는 중산층의 제약에서 벗어나려는 보헤미안적 갈망, 그리고 결연한 의지를 꺾어놓는 심리적 고통이 한데 묻어 있었다. 그의 기량이 한껏 발휘된 수작을 보면, 작가 내면의 분열이 미국 자체의 어떤 치명적 균열을 상징하는 것처럼 읽힌다. 크림은 실패—크림 자신의 실패와 국가적 이상의 실패—를 주요 주제로 삼아,

---

* 슬론 윌슨Sloan Wilson의 소설 『회색 플란넬 양복을 입은 남자The Man in the Gray Flannel Suit』에서 유래한 말로, 출세를 위해 관료제에 복종하고 세상의 흐름에 순응하는 인물을 상징한다.

** 1950~1960년대 초 미국에서 기성세대의 질서와 도덕을 거부하고 자유를 주창하며 저항 문화를 추구했던 보헤미안 성향의 젊은 문학 예술가 세대.

몽상에 잠긴 우울한 자아를 지면에서 하염없이 부르짖는 단순한 처방을 썼다. 그의 글은 거창한 불평을 대책 없이 늘어놓아 짜증스럽고 한심하며 너저분한 장광설로 전락해버린 경우도 너무 많았다. 하지만 그의 통제력이 잘 발휘된 작품은, 특히 미국적인 글쓰기가 어떻게 자전적 에세이로 발현될 수 있는가를 보여주는 눈부신 예시가 된다. 「실패를 겪고 있는 형제자매들에게For My Brothers and Sisters in the Failure Business」라는 에세이에서 크림은 놀라운 능력을 발휘하여 이런 과업을 성취해낸다.

에세이의 일부를 보자.

믿거나 말거나, 아니, 눈치 빠른 젊은이라면 내 말을 믿고 나를 측은하게 여길지도 모르겠지만, 쉰한 살인 지금도 나는 '내가 어떤 사람이 되고 싶은지' 잘 모르겠다. 나는 여러 권의 진지한 책들을 발표했다. 『미국 명사록Who's Who in America』에 작게나마 한 자리를 차지하고 있다. 소위 명문 대학에서 가르치고 있다. 하지만 내 안의 풍요로운 2층 델리카트슨에서는 열세 살이었을 때와 마찬가지로 온갖 무모한 가능성에 마음을 열어젖힌다. 심장이 한 번 뛸 때마다 이 가능성을 실행에 옮길 가능성이 줄어든다는 사실은 알고 있지만 말이다. ……
그건 내가 미국 사람이기 때문이다. 내가 직접 찾아내기 전에는 내가 누군지 알 수 없는, 고전적이고 궁극적이며 유일무이한 인큐베이터 같은 나라, 미국. 난 내가 누군지 찾아내지 못했으며 내 여생은 궁극의 나를 찾기 위한 기나긴 탐색의 여정이 될 것이다. 이런 사람이 나뿐이라는 착각은 하지 않는다. 그럴 리가 없잖은가. 그리고 완성된 나를 주먹에 움켜쥐고서 '드디어 찾았네, 축하해' 하고 말할 좋은 날이 오리라는 생각도 하지 않는다. 그처럼 '완성된 나'가 세상에 어떻게 표출되고, 어떤 형태를 취하며, 어떤 신상명세를 내놓고, 어떤 '일'을 하는지를 이야기하고 싶을 뿐이다.

요즘 당신을 제외한 모든 이들이 쾌락주의의 사타구니에 살고 있다는 생각이 가끔 들지도 모르지만, 벗이여, 당신만 그런 생각을 하는 것이 아니다. 나 역시 그런 압박감 속에 살고 있다. 우리 사회에서 우리를 최종적으로 정의해주는 것은 여전히 우리의 일이나 역할이며, 나와 다르지 않을 수천만 명의 사람들은 그들 영혼 속에서 일어나는 폭동에 꼭 맞는 직업적 외피를 찾지 못했다. 많은 이들은 영영 찾지 못하리라. 여기서 내가 하는 이야기는 그들의 은밀한 삶 일부와 조금은 낯선 또 다른 우울한 미국을 대변할 것이다. 이것은 추측이라기보다는, 상처들과 별들이 떠들어대는 목소리이다. 나는 그런 인생을 살아냈고, 핫도그를 먹을 수 있는 한 아마도 계속 그렇게 살아갈 것이다.

…… 나는 대부분의 사람들보다 이른 나이에 미국을 축제의 장으로 여기기 시작했고, 이 나라에서 나를 흥분시키는 모든 일을 하고 싶었다. …… 민주주의도 그냥 민주주의가 아닌 환

66

상적인 삶의 민주주의를 의미하며, 우리 뇌의 회랑에 웅크려 우리 생각을 감시하는 경찰은 한 명도 없다. …… 하지만 확실한 결단을 내리지 못한 채 열정과 새로운 계획, 심지어는 인격 혁명을 추구하며 삶을 질주해온 자들에게도 비밀은 있다. ……

우리의 비밀은, 지금의 우리보다 더 큰 인물이 되고픈, 더 다채로운 인간이 되고픈, 우리가 경험한 모든 정체성과 환상적인 활극을 통합하고픈, 무엇보다 포리스트론 묘지로 향하기 전까지 쭉 우리네 삶을 실험해보고픈 웅장한 염원이 여전히 우리에게 있다는 것이다. …… 직설적으로 말해보겠다. 우리의 진정한 과제는 결국 우리 자신이었다. 마치 우리는 '약속의 땅'이라는 옛날 옛적의 고리타분한 슬로건을 문자 그대로 받아들여, 주변 공간이 아닌 우리 존재의 구덩이 속으로 흡수해버린 것 같다. 그리고 진정한 자아가 되어간다는 흥분에, 심지어는 되어가는 듯한 착각에 사로잡혀서는 바지가 내려가 더러운 속옷과 앙상한 다리가 드러나기도 한다. 내 장담컨대, 웃음을 사는 건 마음 아픈 일이지만, 그것도 우리를 아주 오랫동안 막지는 못한다. 우리는 일찌감치 걸려들었다.

…… [나와 나 같은 사람들은] 우리 안의 거대하고 모순된 욕망을 토로할 수 있는 방법을, 동료들에게 인정받을 수 있는 완전한 표현법을 온전히 찾아내지 못했다는 공통점이 있다. 너무도 풍요롭고 혼란스러운 국가에서 우리는 무언가가 되

기 위해 다른 하나를 포기할 순 없었다. 우리는 이 모든 것의 진가를 지나치게 잘 알아본 탓에 희생당했다.

…… 그것은 1쿼트들이 통을 불룩하게 채운 아이스크림처럼 우리 안에 켜켜이 쌓아 담아놓을 수 있었던 모든 삶에 대한 아름답고도 숨 막히는 열망이었다. …… 이 민주주의는 우리에게 바로 그런 것이었다. 대중적 인간*의 거대한 슈퍼마켓. 그곳에서 우리는 여기서 한 조각, 저기서 한 조각 집어 우리 스스로 인격을 만들어낼 수 있었다. 처음에 주어진 운명을 감수하지 않아도 되는 것이다.

하지만 이 멋들어진 개념이 우리 중 누구에게는 비극, 혹은 적어도 처음엔 생각지 못했던 끔찍한 혼란이 되었다. ……

내가 유럽에 살고 있을 때 …… 미국의 야비한 단어인 '실패' 가 물을 건너 날아와 내 아픈 곳을 때렸다. …… 어쩌면 내겐 선택권이 없었을지도 모르고, 무슨 일을 하건 자신 있게 해내지 못했을 테지만, 별을 겨냥하리라 굳게 다짐하고, 보통 사람이 그러듯 그냥 군말 없이 부딪쳐보기로 마음먹었다. ……
하지만 만약 이 사회의 자존심 강하고 예리한 '실패자'라면, 그리고 우리 같은 사람이 수십만 명은 된다는 사실에서 얄궂은 위안을 찾을 수 있다면, 자신이 무엇을 시도했는지, 그리

---

* Mass Man. 대중사회의 전형으로서, 특히 개성이나 사회적 책임이 결여되고, 대중매체로부터 진부한 생각을 주입받는 인간.

고 한때 눈부신 비전에 감싸여 있던 당신이 지금은 우중충한 날 침대를 어질러놓고 휑한 나무 탁자에 더러운 컵 몇 개만 늘어놓고 있는 모습에 사람들이 왜 크게 실망하는지 알아야 한다. 이는 현명하고 고결한 일이다.

이 작품의 즐거움(과 장점)은 언어의 강렬하고 확실한 속도 감에 있다. 거침없이 내달리는 미국적 관용구에 녹아 있는 유들유들하고 통속적인 지성은 젊음에 대한 강한 집착을 흉내 낸다. 크림의 언어인 동시에 미국의 언어이다. 관용구가 많은 언어는 모두 젊게 느껴지지만—어떤 언어에서든 관용구는 아드레날린을 치솟게 한다—미국 영어가 가장 대표적이다. **소리** 자체가 젊다. 그리고 이 소리를 잘 다루는 법을 크림만큼 잘 아는 이도 없다. 그가 이 소리를 얼마나 아름답게 사용하는지 들어보라.

- that profuse upstairs delicatessen of mine
  내 안의 풍요로운 2층 델리카트슨
- in the crotch of the pleasure principle
  쾌락주의의 사타구니에
- the riot in their souls
  영혼 속에서 일어나는 폭동
- a voice of scars and stars

상처들과 별들이 떠들어대는 목소리

- until they take away my hotdog

  핫도그를 먹을 수 있는 한

- there are no cops crouching in the corridors of the brain

  우리 뇌의 회랑에 웅크려 우리 생각을 감시하는 경찰은 한 명도 없다

- all the way to Forest Lawn

  포리스트론 묘지로 향하기 전까지 쭉

- all the life we could hold …… packed layer on layer like a bulging quart container of ice cream

  1쿼트들이 통을 불룩하게 채운 아이스크림처럼 우리 안에 켜켜이 쌓아 담아놓을 수 있었던 모든 삶

- the dirty American word 'failure' winged its way across the water and hit me where it hurts

  미국의 야비한 단어인 '실패'가 물을 건너 날아와 내 아픈 곳을 때렸다

- an unmade bed and a few unwashed cups on the bare wooden table of a gray day

  침대를 어질러놓고 휑한 나무 탁자에 더러운 컵 몇 개만 늘어놓고 있는

미국적인 산문을 쓰는 중년 작가가 영원히 젊은 목소리로

울부짖고 있다. "난 더 이상 젊지 않아!"

이 에세이에는—관용어법을 사용한 통찰의 리듬과 구조 속에는—밑으로, 밑으로 가라앉는 크림의 열망, 달콤하면서도 애석한 낙하가 아로새겨져 있다. 그는 이 모든 것을 보고, 이 모든 것을 이해하는—헤아릴 수조차 없이 몇 번이고 그 위에, 밑에, 주위에 있었던—사람이지만, 그럼에도 자신의 경험을 잘 받아들이지 못한다. 미국이라는 나라처럼 크림 역시 '자기 창조'에 푹 빠져 있다. 인간의 경우든 문화의 경우든, 이런 자기 창조에 대한 집착은 삶이 검증되지 않은 약속으로 계속 가득 채워져 있기를 바라는 치기 어린 갈망으로 바뀐다. 크림이 주장하기를, 미국인들은 어릴 때조차 **약속**에 향수를 느낀다. 마치 다시 시작하는 것에 대해 낭만적인 회한을 타고난 것처럼. 정말이지 미국 문학에는 그런 회한이 흠뻑 스며들어 있다—월트 휘트먼Walt Whitman에서부터 레이먼드 카버Raymond Carver까지. 그리고 여기 시모어 크림이 있다. 흡사 내면에서 빛을 발하는 것처럼, 그의 에세이용 페르소나는 미국의 상황 자체를 농밀하게 구현한다. 그의 목소리를 통해 '미국적인 실패'의 기이한 기운이 우리를 에워싸고 우리 안으로 들어와 순식간에, 유쾌하게 심장으로 곧장 와닿는다.

◇ ◇ ◇

「실패를 겪고 있는 형제자매들에게」를 읽는 사이 우연히도 장 아메리Jean Améry의 작품을 접했다. 아메리는 1960년대에 늙어감에 관한 훌륭한 에세이를 여러 편 쓴 유럽의 저널리스트이다.* 홀로코스트 생존자로, 전쟁이 끝난 후 책을 집필하기 위해 벨기에에 정착했다. 저널리스트로 일하기 시작했는데—잠깐만이야, 하고 그는 생각했다—어쩌다 보니 이 지긋지긋한 일에 20년이라는 세월을 바쳤다. 그러다 50대에 쓴 전쟁 회고록이 성공을 거두자 원래 쓰고 싶었던 글을 쓰려고 언론계를 떠났다. 그런데 이젠 나이가 그의 영혼을 무섭게 짓누르는 것이 아닌가. 늙어가는 것이 아우슈비츠보다 더 나쁘다고 그는 결론 내렸다. 무시무시한 강제수용소보다 "늙어가는 경험의 내적 공포와 고통이 더 크다". 이 공포와 고통이 그의 화두가 되었다.

이 에세이들에서 아메리는 정확히 자신이 경험하고 있는 바를 거의 허무주의자처럼 냉철하게 묘사하기 시작한다. 실제로 겪어보지 않으면 이해할 수 없는 어떤 상태의 주요한 측면

* 이 에세이들은 『늙어감에 대하여』로 묶여 출간되었으며, 아래에서 고닉이 말한 '전쟁 회고록'은 아우슈비츠 수용소 경험을 기록한 『죄와 속죄의 저편』이다. 아메리는 1976년 『자유죽음』을 발표해 논쟁을 일으켰으며, 1978년 '자유죽음'을 택했다.

을 하나하나 태연히 바라본다. 그러나 아메리는 우리 모두 언젠가는 향해야 할 이방異邦에서 돌아온 우리의 마르코 폴로가 되어, 우리 앞에 기다리고 있는 것이 무엇인지 알려준다. 구제할 길 없는 상실을 말이다.

우선 시간의 문제가 있다고 그는 말한다. 젊을 때 우리는 공간과 시간의 한가운데 서 있지만, 나이가 들수록 공간 감각은 사라지고 오로지 시간만이 밀려들어 와 일상을 채운다. 우리는 늘 시간에 대해 생각한다.

그러다 우리는 자신에게 이방인이 된다. 거울을 들여다보면 반대편에서 우리를 쳐다보는 얼굴에 경악까지는 하지 않더라도 흠칫 놀란다. 영영 헤어나지 못할 이 충격이 매일같이 우리를 따라다닌다(아이러니하게도 이제야 비로소 우리는 우리 자신을 조금이나마 똑똑히 볼 수 있게 된다).

자연계 역시 낯설어진다. 더 이상 오를 수 없는 산을 바라보고 싶은 이가 있을까? 적절한 온도를 허락해주지 않는 물에서 헤엄치고 싶은 이가 있을까?

아메리가 말하는 소위 문화적 노화는 더 심각하다. 우리는 주변 세계와 하나 된 기분을 더는 느끼지 못한다. 예술, 정치, 패션의 새로운 발전이 당황스럽거나 노엽거나 불편하다. 거기에 우리의 경험이라곤 전혀 반영되지 않은 것처럼 느껴진다.

아메리는 이야기를 이어나간다. 노화란 신들이 내린 형벌이라는 무자비한 주장을 끈질기게 되풀이한다.

A. [매일 아침 거울을 빤히 들여다보는데, 거울 건너편에서 자신을 노려보는 그 얼굴을 도무지 받아들일 수가 없다] : 이 아침 의식에서 그가 목격하는 것[거울 속의 변한 얼굴]은 젊은 시절의 자신이나 더 좋았던 나중 시절과 전혀 혹은 거의 관계가 없다. …… 아마도 그가 느끼는 피로감의 가장 큰 원인은 이런 자기 소외, 곧 오랜 세월 함께해온 젊은 자신과 거울 속 나이 든 사람 사이의 불일치일 것이다. 하지만 그와 동시에 너무도 빤한 사실이 그에게 보인다. 거울 앞에 버티고 서서 고개를 돌리지 않으면 …… 권태에 찌들고 속속들이 익숙한 자신과 어느 때보다 더 가까워진다는 것, 이제는 낯설어진 거울 속의 얼굴 앞에서는 점점 더 강압적으로 자기 자신이 될 수밖에 없다는 것 …… 거울 앞에서 끈기 있게 버틸 줄 알고, 속절없이 쫓겨나지 않을 용기를 그러모을 줄 알고 …… 남들의 관습적 평가를 객관적으로 받아들여 거기에 무너지지 않는 노인들은 자기 소외와 자의식 고양이 서로 맞물려 있음을 발견하는 공통된 체험을 한다. …… A는 늙어감의 중의성을 발견하고 그 안에서 자신의 자리를 찾아가고 있다. …… 우리는 자신에 대한 낯섦과 익숙함, 권태와 탐색이라는 중의성의 손아귀에 사로잡혀 벗어나지 못한다. 생각이 말로 변하는 지점에서 처음에는 항상 전자가 후자를 압도해버린다. 노화를 겪으며 노화에 넌더리를 내는 이들은 거울을 들여다볼 때마다, 혹은 걷고 달리고 산을 오르는 동안 세상이 그들의

적이 되어가고 있음을, 그들과 그들의 자아를 실어온 육체가 그들의 내면을 짓누르는 송장이 되어가고 외면으로는 하나의 짐짝에 불과하다는 사실을 깨달을 때마다, '저게 나라고?'라는 질문을 던진다. …… 늙어갈수록 몸의 질량은 점점 더 붙고 기력은 점점 더 쇠한다. 이 몸뚱어리는 …… 시간에 보호받고 시간 속에서 자체 형성되어온 옛 자아에 저항한다. 이질적인 데다, 적확한 의미로 밉살스러운 적대적인 새 자아 ……

늙어가고 있는 사람에게 노화는 '정상 상태'가 아니다. 사실 노화는 하나의 질병임이 분명하며, 회복 가능성이라곤 없는 고통이다. …… 노화는 불치병이고, 고통의 한 형태이므로 인생의 특정 단계에 우리에게 찾아오는 여느 극심한 고난과 똑같은 현상적 법칙을 따른다. ……

노화에서 우리가 겪는 낯섦과 익숙함의 중의성—우리는 노화가 고통의 한 형태임을, 고통으로 체험된다는 사실을 한순간도 잊어서는 안 된다—은 우리가 육체를 유한한 껍데기로 느끼는 동시에 이 껍데기가 점점 더 우리 안에 뿌리내리고 있다는 사실에 근거한다. 그뿐 아니라, 우리의 사회적 자아가 우리의 고통스러운 몸에서 형성되는 모든 것, 즉 신체 자아(우리의 옷이기도 하고, 우리가 거기에 옷을 입히기도 한다)와 일으키는 모순에서도 그런 중의성은 명백히 드러난다. ……

아무리 충실하게 하루를 살고, 세금 신고서를 작성하고, 치과에 간다 한들, 자신에게 소외되면 존재에서도 소외된다. 세상은 늙어가는 우리를 부정한다고 하지 않았던가. ……

몇 년 동안 A는 예전에 풍경에 대해 품었던 애정이 식어 심란해졌다. …… 구체적으로 말하자면, 그는 여전히 자기 인격의 일부였던 세상에서 자신이 거부당했음을 도시보다는 자연에서 더 크게 의식했다. …… 남들은 산을 오르고, 호수에서 헤엄치고, 골짜기를 거닐었다. 그는 쫓겨났고 자신에게 기댈 수밖에 없었다. …… 이제 A는 풍경이 그의 인격을 적대적으로 부정하고 있음을 느꼈다. 그는 자연을 피하기 시작했다. 자연으로부터 철저히 소외된 그는 자신을 부정하는 세상의 도발에 매 시간 굴욕당하지 않아도 되는 곳, 그의 방에 틀어박힌다. ……

어차피 머지않아 우리의 자아가 사라지게 되리라 쉽게 말하고 넘길 수도 있을 것이다. 황혼에는 낮과 밤이 서로를 지워버린다. ……

모든 인간의 생애에는 …… 현재의 자신만 존재한다는 사실을 발견하게 되는 시점이 있다. 세상이 더 이상 우리의 미래를 믿지 않고, 더 이상 우리의 가능성을 보지 않으려 한다는 깨달음이 어느 순간 갑자기 찾아온다. …… 어느덧 우리는 …… 잠재력 없는 생물체가 되어 있다. 이제는 누구도 우리에게 '뭘 하고 싶으세요?'라고 묻지 않는다. …… 이룬 바를 이미 계산당하고 저울질당한 노인들은 폐품 판정을 받는다. 이겼다 한들, 즉 사회적으로 높은 시장 가치를 지녔다 한들 그들은 졌다. 붕괴와 격변은 이제 그들의 영역 밖에 있다.

다양한 책을 읽고 철학적으로 사유하는 아메리는 저널리스트의 정확성, 문학적 통찰, 역사적 분석에 기반해 이런 특별한 질감의 글들을 썼다. 목소리는 건조하고, 참을성 있고, 합리적이며, 대단히 유럽적이다. 몽테뉴에서부터 셀린*에 이르기까지, 우리가 천 년의 절반 동안 들어온 목소리이다. 자칫하면 초현실로 변질해버리고 마는, 자기중심적인 '리얼리즘'의 목소리.

이 에세이들에는 걸고넘어질 문제가 많다. 어떤 이들에게는 실존주의의 재탕으로 읽힌다. 또 어떤 이들은 이 글들이 전하는 진실이 아주 파편적이라고 말한다. 내 경우에는, 많은 부분에서 고개를 갸우뚱하게 된다. 이 글들을 썼던 때의 아메리보다 이제 나이를 더 먹은 나는 그의 결론에 전혀 공감할 수 없다. 그럼에도 내게 이 에세이들은 페르소나의 정수이다. 글 속에 구현된 부정주의가 어찌나 강렬하고 어찌나 집요한지, 이 비전의 힘이 나를 꿰뚫어버리는 느낌이다. 아메리의 초점은 아연에 떨어뜨린 산酸처럼 그의 경험을 깊숙이 파고든다. 그는 치명적인 전염병이 창궐하는 가운데, 도무지 이해할 수 없는 세포 슬라이드를 현미경으로 뚫어져라 들여다보고 있는 과

---

* 루이 페르디낭 셀린Louis-Ferdinand Céline. 프랑스의 의사이자 소설가이다.

학자나 마찬가지다. 그는 나라면 절대 서지 않을 곳에 서 있다. 그래도 나는 거기 서 있는 **그**, 허공을 들여다보고 있는 **그**가 강렬하게 느껴진다. 압박감 속에 그가 발휘하는 집중력의 깊이야말로 매력적이다. 매력적이라기보다는 유쾌하다. 놀라울 정도로. 그 유쾌함은 별안간 나를 멈춰 세우고, 내가 그의 글에 끌리는 이유를 납득시켜준다.

아메리가 신중한 유럽식 '우리'를 읊조린다면, 시모어 크림은 '나'를 감탄사처럼 외친다. 너무도 달라 보이는 두 작가지만 중요한 지점에서 연결된다. 미국인들이 타고나는 내적 동요나 유럽인들이 겪은 파란만장한 역사에 상관없이, 중년에 접어든 두 남자는 내적 자유를 얻기 위해 꼭 해야 할 일을 하지 않았다는 깨달음에 압도당했던 것 같다(물론 이것이 아메리로 하여금 나이에 집착하도록 내몰고 있다). 로런스가 말하지 않았던가. "인간은 가장 깊숙한 내면의 자아가 좋아하는 일을 할 때, 그리고 가장 깊숙한 내면의 자아가 좋아하는 일이 무엇인지 알 때 비로소 자유로워진다. 아! 그러려면 그 깊숙한 곳으로 뛰어내려야 한다." 크림과 아메리 모두에게 가장 중요한 사실은—그들 자신의 신념에 따라—가장 깊숙한 내면의 자아와 교류하지 않았기에 자신을 실패자로 여겼다는 것이다. 이 한 쌍의 남자들은 문화적으로나 지리적으로나 글의 주제 면에서나 멀찍이 떨어져 있지만, 청춘기의 불안을 극복하지 못하고 깊숙한 내면으로 뛰어내리지 못했던 자신들의 무력함을 끊임없이 상기한다.

두 작가는 문화의 더 깊은 '관용어법'—청년기의 성공에 대한 크림의 집착은 아주 미국적이며, 상실에 대한 아메리의 프루스트적 연구는 아주 유럽적이다—에 꼭 부합하는 페르소나를 자기 자신으로부터 만들어냄으로써, 이 공통된 슬픔을 아주 독특한 에세이로 변화시켰다. 두 사람 모두 자기 경험의 실체에 엄격히 주목하는 동시에, 그들을 어른으로 성장시킨 문화의 근본적인 사고방식으로 그 경험을 바라보았다.

크림과 아메리의 에세이를 읽은 직후, 결혼에 관한 비슷한 결의 에세이 두 편을 읽었다. 이번에도 각각 미국인 작가와 유럽인 작가의 글이었다. 이들 에세이의 서술자는 자신을 엄격히 대변하는 동시에, 작가 출생지의 문화와 명확히 공명하는 내적 환경 속에서 말하고 있다.

이런 요소들이 결합한 다채로운 결과물은 자기를 솔직하게 드러내는 예술이 얼마나 독창적인 활동이 될 수 있는지 상기시켜주는 또 하나의 사례인 것 같았다.

두 에세이의 묘미를 살짝 맛보자.

더 좋고 더 나쁜 것 For Better and Worse
린 달링*

    나는 10년 전 1월 뻔뻔하리만치 따스한 어느 날 아버지의 집에서 어머니가 만들어준 드레스를 입고, 다리에서 번지점프를 하는 사람처럼 앞으로 닥칠 일을 전혀 모른 채 태평한 기분으로 결혼했다.

    나는 서른네 살이었다. 결혼하기에 이른 나이는 아니었지만, 내가 속한 좁다란 세상—무슨 일이든 절묘하게 자신과 연관 짓는 베이비붐 세대, 중산층의 전문직 종사자들—에서는 거의 적기였다. 나 같은 족속들은 일찍 결혼하지 않았다. 우리가 20대였을 때 결혼은 터퍼웨어 파티**처럼 철 지난 유행이었다. ……

    나는 나와 비슷하면서도 나보다 더 나은 인간이라는 점이 마음에 들어서 그 남자와 결혼했다. 그를 사랑해서, 다른 사람보다 그와 있을 때 내가 더 진짜처럼 느껴져서 그와 결혼했다. …… 그가 포드 매독스 포드를 좋아해서, 완벽한 마티니를 만들 줄 알아서, 우리가 싸워도 벽이 무너지지 않아서, 내가 아는 남자 중에 그가 가장 자연스럽게 남자다워서, 믿기지 않을 만큼 쉽게 책임

---

*   Lynn Darling. 미국의 작가이자 언론인. 저서로『필연적인 죄Necessary Sins』, 『숲 밖으로Out of the woods』등이 있다.

**   플라스틱 주방용품인 터퍼웨어를 파티라는 이벤트를 통해 고객에게 설명하고 판매하는 일종의 마케팅 행사를 말한다.

을 떠맡는 남자라서, 그리고 평범한 사람들이 일상에서 겪는 은
총에 눈물을 글썽이는 남자라서 그와 결혼했다.

내가 들었던 다른 사람들의 결혼 이유보다 더 낫지도 더 나
쁘지도 않았다. 그런 결정은 빛의 눈속임, 시계의 똑딱거림, 엉뚱
한 길로 빠진 못 미더운 마음의 긴급한 요청에 따라 이루어진다.
……

결혼 후 처음 맞는 밸런타인데이에 남편은 내게 목욕 수건을
주었다. '2급품'―올이 풀리거나 하는 하자 때문에 헐값에 팔리
는 제품―의 빨간 수건이었다. 쇼핑백에 나비 모양의 매듭 리본
이 선물 포장용으로 붙어 있었다.

수건을 펼쳤을 때 울었던 기억이 난다. 화가 치밀었다. 수건은
하나의 은유로서, 해를 가려버리고, 차츰 쌓여가는 일상성의 편안
한 콧노래에 대고 괴성을 질러댔다. 남편이 안타깝도록 부족한 인
간임이 밝혀진 낭만적인 정오, 감정이 복받치는 역사적인 순간이
었다. 지금에 와서 하는 말이지만, 그때 우린 정말 결혼한 것이 아
니었다. 구애와 욕정이 뒤얽힌 극적 사건과 격한 감정에 여전히
사로잡혀, 지나치는 눈길 하나로도 갑작스러운 감정적 위험이
촉발될 수 있는 10대 로맨스 모드―꽃잎을 하나씩 떼어내며 '그
는 나를 사랑한다, 안 한다'라고 사랑 점을 치는―에 있었다.

내가 왜 그렇게 화가 났는지 이제는 기억나지 않는다. 아마
도 이런 논리에서였을 것이다. 이 남자에게 모든 걸 걸었는데 그
는 내가 생각했던 그런 사람이 아니야. 그는 포드 매독스 포드를

읽고 우는 남자가 아니야. 이 선택, 이 남자를 통해 나 자신을 규정했는데, 이런 족속의 남자라니, 수건을 선물하는 족속이라니.

지금은 이 일이 떠오르면 웃음이 난다. 그때만 해도 우리의 결혼은 정성스레 지어 올려도 쉽사리 부서져버리는 공상을 비춰주는 거울과도 같았다. 이제 남편은 밸런타인데이마다 목욕 수건을 선물하고, 나는 밸런타인데이마다 웃음을 터뜨린다. 이는 우리 신화의 일부가 되었다. 하지만 그 웃음은 상황이 변했음을, 우리가 서로를 변화시켰음을, 이 농담거리에 미소 짓는 두 사람에게 서로의 기대와 실망이라는 지워지지 않는 얼룩이 졌음을, 현재의 우리는 배우자의 렌즈를 통해 굴절되었을지도 모를 복합적인 존재임을 신랄하게 보여준다. 그 웃음은 우리가 서로에게 가한 벌들, 서로에게 행한 다양한 수술로 남은 흉터들, 부부 생활을 위해 한풀 꺾인 열정을 덮어주는 침대보이다. ……

미혼이었을 때 나는 결혼을 익사와 동의어로 생각했다. 내 정체성이 사라지고, 사생활을 침범당하고, 내 자아는 물속으로 가라앉아 버리리라 생각했다. 결혼 후 내 생각이 옳았음을 알았다. 내가 물속에서도 이렇게 잘 살 수 있으리라는 걸 미처 몰랐을 뿐. ……

모든 결혼은 수선한 옷이다. 우리는 결혼 생활을 더 좋게 만들수 없고, 그저 극복해낸다. 로버트 루이스 스티븐슨*이 경고했듯, 결혼함으로써 "우리는 자의로 삶에 증인을 들인 셈이고 …… 험

---

* Robert Louis Stevenson. 영국 소설가이자 시인으로, 대표작은 『보물섬』이다.

한 말이 불쑥불쑥 튀어나오려 해도, 똑바로 서서 어떤 이유로 이런 행동을 하는지 명료히 밝혀야" 한다. 그러지 않으면 상대가 내 행동의 잘잘못을 따지고 들 테니까.

…… 익숙한 성관계에는 무엇과도 견줄 수 없는 깊숙한 친밀감이 있다. 하지만 죽을 때까지 딱 한 사람과만 사랑을 나눠야 한다고 생각하면 머리가 아플 때가 있다. 그러다 보면 우린 어떻게 될까? 새벽 3시에 천장을 노려보거나, 남은 티라미수를 두고 서로를 빤히 쳐다보고만 있지 않을까? 모르겠다. 문제없이 잘 돌아가는 결혼은 애정과 감탄, 분노, 의례, 그리고 서서히 넓어지는 공감이 복잡하게 부침하는 하나의 미스터리로, 맞는 짝과 함께라면 이런 삶도 나쁘지는 않다. 하지만 결혼 때문에 격정과 첫 키스를 포기해야 한다면, 꽤 죽을 맛일 것이다. 따라서 우리에겐 단순한 선택이 남는다. 금욕이냐 배신이냐, 현실 안주냐 황홀경이냐, 흙이냐 불이냐, 숙녀냐 음녀냐.

우리 대부분은 모험을 피하는 동시에 빠져나갈 구멍을 열어둔다. 계속 담배를 피우지 않으면서 마지막으로 피울 한 개비의 여지를 남겨두는 것처럼. ……

그러던 어느 일요일 오후. 남편과 나는 딸과 함께 어린이용 모노폴리를 하고 있다. 쳇 베이커의 트럼펫 소리가 방 안 가득 울린다. 미혼이었을 땐 재즈가 싫었지만, 이제 우리의 결혼은 이 음악에, 내가 바꾼 것들과 알게 된 것들에, 분노와 우아함에, 일상성의 감흥에, 서로와 함께라는 위안에 물들어 있다. 남편이 어떻게 나를 구하고, 내가 어떻게 남편을 구하고 있는지 보인다. 이 결혼 생활을 만들어가는 과정에서 가상의 팔다리가 떨어져 나간 자리에 여전히 통증이 느껴지지만, 이 순간만은 그 상실을 잘 이겨낼 수 있을 것만 같다. 결혼 때문에 치러야 했던 희생이 아니라 결혼이 끌어내는 용기와 다정함만이 보이고, 결혼 덕분에 우리가 영웅이 될 수 있는 유일한 기회를 얻은 것 같은 기분이다. 베이커가 연주하는 곡이 영원히 끝나지 않았으면 좋겠다.

그와 나 He And I

나탈리아 긴츠부르그[*]

그는 늘 더위를 타고, 난 늘 추위를 탄다. 정말 더운 여름에 그는 덥다는 푸념만 늘어놓는다. 내가 저녁에 점퍼스커트를 입으면 그는 짜증을 부린다.

그는 여러 언어를 잘 구사한다. 나는 제대로 말할 줄 아는 언어가 하나도 없다. ……

그는 방향 감각이 뛰어나고, 난 길치다. ……

그는 연극, 그림, 음악, 특히 음악을 좋아한다. 나는 음악을 전혀 모르고, 그림은 내게 큰 의미가 없으며, 극장에 가면 따분하다. 내가 이 세상에서 사랑하고 이해하는 한 가지가 있는데, 그건 바로 시다. ……

그는 여행, 외국의 낯선 도시들, 식당을 좋아한다. 나는 집에 쭉 틀어박혀 꼼짝도 하고 싶지 않다.

그래도 그를 따라 자주 여행을 한다. 그를 따라 박물관에, 교회에, 오페라 극장에 간다. 연주회까지 따라가서 잠들어버린다.

그는 부끄러움이 없고, 나는 부끄러움을 탄다. 하지만 가끔 그

---

[*] Natalia Ginzburg. 이탈리아의 저명한 작가. 1963년에 자전적 소설 『가족어 사전Lessico Famigliare』으로 스트레가상을 받았으며, 반파시스트 운동가로서 정치와 현실 문제에도 적극 참여했다.

도 부끄러워할 때가 있다. 수첩과 연필로 무장한 경찰이 차로 다가올 때. 그는 자기가 잘못을 저질렀다고 생각해 부끄러워한다.

딱히 자기가 잘못했다는 생각이 없더라도, 공권력을 존중하는 것 같다. 나는 공권력이 두렵지만 그는 그렇지 않다. 그는 공권력을 존중한다. 여기에는 차이가 있다. 나는 벌금을 물리러 오는 경찰이 보이면 감옥으로 끌려가는 건 아닐까 하는 생각이 든다. 그는 감옥은 생각하지 않지만, 존중하는 마음에 부끄러워하고 공손하게 군다. ……

그는 탈리아텔레, 양고기, 체리, 레드 와인을 좋아한다. 나는 미네스트로네, 브레드 수프, 오믈렛, 푸른 채소를 좋아한다.*

그는 내가 음식에 대해 아무것도 모르고, 힘 좋은 뚱보 수도사—푸른 채소로 만든 수프를 어둑한 수도원에서 걸신들린 듯 먹어 치우는 수사—같다는 말을 자주 한다. 하지만 그는, 오, 그는 고상하며 미각이 예민하다. ……

나는 무슨 일이든 힘겹게, 근근이, 자신 없이 한다. 나는 아주 게으르고, 뭐라도 끝내려면 그 전에 소파에서 몇 시간은 널브러져 있어야 한다. 그는 절대 게으름 피우지 않으며, 항상 무언가를 하고 있다. 오후에 한숨 자러 갈 때면 교정쇄나 주석이 한가득 채워진 책을 가져간다. 그는 나를 데리고 영화관에 갔다가 리셉션

---

* 탈리아텔레는 가느다란 리본 모양의 파스타, 미네스트로네는 채소와 파스타를 넣은 이탈리아식 수프이다.

에 갔다가 연극을 보러 가고 싶어 한다—이 모든 일을 하루에. 그는 하루 만에 이런저런 일들을 많이 하고, 나도 그렇게 하도록 만들며, 각양각색의 사람들을 만난다. 나 혼자서 그를 따라 하려다간 아무 일도 끝내지 못한다. 30분만 있어야지 했던 곳에 오후 내내 들러붙어 있거나, 길을 잃어 엉뚱한 거리로 들어가거나, 정말이지 만나기 싫었던 가장 따분한 사람에게 붙잡혀 제일 가기 싫었던 곳으로 끌려가고 만다.

내가 오후를 어떻게 보냈는지 얘기하면 그는 오후를 완전히 낭비했군, 이라며 흥겹게 나를 놀려먹다가 화를 낸다. 그리고 자기가 없으면 나는 아무짝에도 쓸모가 없다고 말한다.

나는 시간을 관리할 줄 모르고 그는 관리할 줄 안다.

나는 춤출 줄 모르고 그는 춤출 줄 안다.

나는 타자를 칠 줄 모르고 그는 칠 줄 안다. ……

나는 아주 지저분하다. 하지만 나이가 들면서 깔끔함이 그리워져, 가끔은 미친 듯이 찬장을 샅샅이 정리한다. …… 나의 깔끔함과 지저분함은 후회와 슬픔의 복잡한 감정으로 가득 차 있다. 그의 지저분함은 의기양양하다. 그는 자기 같은 학구파에게는 지저분한 책상이 어울리고 정당하다는 결론을 내렸다.

그는 내 우유부단한 성격이나 어떤 일을 하기 전에 망설이는 버릇이나 죄책감을 극복하도록 도와주지 않는다. …… 가끔 그는 자기가 얼마나 빨리 해치울 수 있는지 보여주려고 쇼핑을 한다.

그래서, 점점 더 나는 내가 무슨 일이든 미흡하게 혹은 잘못하고 있다고 느낀다. 하지만 그의 실수를 하나라도 발견하기만 하면 그가 성을 낼 때까지 그 일을 자꾸 얘기한다. 때로는 나도 아주 짜증스러운 인간이 될 수 있다.

그의 분노는 예측을 불허하고 맥주 거품처럼 흘러넘친다. 나의 분노 또한 예측을 불허하지만, 그의 분노는 금세 사라지는 반면 나의 분노는 귀 아픈 잔소리를 뒤에 남기니, 뿔난 고양이가 끙끙거리는 소리처럼 아주 짜증스러울 수밖에 없다.

가끔 그가 발끈해서 고함을 지르면 나는 울기 시작하는데, 그러면 그는 화를 가라앉히고 내게 미안해하기는커녕 더 크게 성을 낸다. 내 눈물이 그저 연기일 뿐이라는데, 어쩌면 그의 말이 맞을지도 모르겠다. 왜냐하면 내가 눈물을 흘리고 그가 화를 내는 동안 나는 더없이 차분하기 때문이다.

정말 불행하면 나는 절대 울지 않는다. ……

젊은 시절의 그는 늘씬하고 잘생기고 몸매가 멋졌으며, 턱수염이 없는 대신에 길고 보드라운 콧수염을 길렀고, 배우 로버트 도냇을 닮았다. 우리가 처음 만난 20년 전쯤엔 그랬고, 내 기억으로 그는 스코틀랜드풍의 우아한 플란넬 셔츠를 입곤 했다. 내가 사는 하숙집까지 데려다줬던 어느 날 저녁이 기억난다. 우리는 비아 나치오날레를 함께 걸었다. 난 내가 산전수전 다 겪고 수많은 실수를 저지른 늙은이처럼 느껴졌고, 그런 내게 그는 몇 광년이나 떨어진 소년처럼 보였다. 그날 저녁 우리가 무슨 대화를 나누었는지는 기억나지 않는다. 시답잖은 얘기였을 테고, 나는 우리가 남편과 아내가 되리라고는 꿈에도 생각 못 했다. 그러다 우리는 서로를 놓쳤고, 다시 만났을 때 그는 로버트 도냇이 아니라 발자크를 더 닮은 모습이었다. 그는 여전히 스코틀랜드풍 셔츠를 입고 있었지만, 그 셔츠는 이제 극지 탐험가들이나 입는 옷처럼 보였다. 이젠 턱수염을 길렀고 머리에는 쭈글쭈글하니 우스꽝스러운 모직 모자를 쓰고 있었다. 차림새만 보면 금방이라도 북극으로 떠날 사람 같았다. 그는 항상 더위를 타면서도 마치 눈과 얼음, 북극곰에 둘러싸인 사람처럼 옷을 입는 습관이 있다. 아니면 브라질의 커피 농장 주인처럼 입거나. 어쨌든 항상 남들과 다르게 입는다.

내가 비아 나치오날레를 함께 걸었던 일을 말하면, 그는 기억난다고 하지만 나는 그가 거짓말하고 있다는 걸, 심지어 아무것도 기억하지 못한다는 걸 알고 있다. 그리고 가끔 나는 거의 20년 전 노을 지는 비아 나치오날레를 걸으며 그토록 정중하게, 그토록 세련된 태도로 대화를 나눴던 이들이, 별것 아닌 온갖 시시콜콜한 얘기로 수다를 떨었던 이들이 정말로 우리, 지금의 이 두 사람이 맞을까 자문해보곤 한다. 대화를 나누는 두 친구, 산책하는 두 명의 젊은 지식인. 그토록 젊고, 그토록 교양 넘치고, 그토록 단순하며, 다정한 공평함으로 서로를 평가하는 데 그토록 거리낌 없었던 두 사람. 해 지는 거리 모퉁이에서 작별 인사를 하염없이 되뇌던 두 사람.

◇ ◇ ◇

　두 에세이의 차이점은 쉽게 설명할 수 있다. 미국 작가의 글은 사회적 관찰과 개인적 증언을 한데 엮어 자신과 동시대인들의 결혼 세태를 전하는 저널리스트의 작품으로, 도시적 세련미가 풍기는 목소리에는 이루지 못한 일에 대한 갈망이 짙게 배어 있고, 반어적이면서도 서정적인 어조를 띤다. 이탈리아 작가의 글은 마치 소설가가 제출하는 명세서('그는 이렇고, 나는 저렇다') 같은 작품으로, 굴곡 없는 미니멀리즘 방식의 목소리를 취하고 있으며, 어조는 솔직 담백하고 겉으로 보기엔 어떤 평가도 개입되지 않은 것 같다(사실을 있는 그대로 전한다). 하지만 달링의 에세이는 반어법과 거만함 어린 향수 아래로 독특한 무게감을 쌓아간다. 긴츠부르그는 사실을 무미건조하게 열거하며, 독자들이 멍하니 허공만 바라보게 되는 결말을 향해 꾸준히 나아간다. 마지막 단락들에서 우리 눈에 보이는 것은, 지금의 '그와 나'와는 거의 혹은 아무런 관계도 없는, 기억 속에 아로새겨진 한 쌍의 타인들이다. 자칫 무작위로 헤어질 수도 있었지만 그러지 않고 무작위로 함께하게 된 타인들. 그런 무작위성이 역사로 다져지고 결혼이 되었다.

　두 작가 모두 익숙함 속에서 신비로움을 발견하고 있다. 세상 사람들이 저마다의 시각으로 바라보는 특정 경험을 응시하던 그들은 남들에게는 동경의 대상이지만 자신들에게는 께름

칙하게 여겨지는 상황에 자신들이 한 명의 주역으로 참여하고 있음을 깨닫는다. 주역인 자신들이 공모자로 연루되어 있다는 사실 또한 깨닫는다. 바로 이런 연루성 때문에 두 작가는 관심을 잃지 않고 그 상황을 계속 파헤쳐 나갈 수 있는 것이다. 파헤치면 파헤칠수록 작가는 점점 더 놀란다. 얼어붙는다. 정확히 말하자면, 망연자실한다. 결혼, 이것의 진짜 의미를 깨달으며 망연자실한다. 두 에세이에서 망연자실함은 핵심 요소가된다. 생각해보면, 무리하면서까지 타협을 합리화하고, **절대** 분리되지 않을 고마움과 적대감의 뒤섞임을 인내하려는 이 강렬한 욕구가 짝짓기를 위해 생겨난다니, 얼마나 기이한 일인가. 이 딜레마의 냉혹함을 충분히 인식하고 나면 우리의 두 눈이 번쩍 뜨이기 시작한다.

두 에세이에서 산문의 표면 아래 세차게 흐르며 영향력을 발휘하고 있는 것은 바로 무작위성임을 이제야 우리는 깨닫는다. 그토록 충격적인 사실을 정당화하고 설명하고 이해해보려는 평생의 고투. 왜 하필 **그 사람**일까? 그 전이나 후에 만났던 사람이 아니라? 그리고 이 무작위성 밑에—분석자인 '나'의 중심에—짜증스러운 목소리가 있다. 각각의 작품이 호흡하는 공기에는 희미하지만 분명히 인식할 수 있는 짜증스러운 목소리가 배어 있다. 이 짜증스러움이 모든 뉘앙스, 모든 굴곡, 모든 미세한 어조 변화에 풍미를 더한다. 그 속에서 독자는 둘이 아닌 혼자**였어야 했다**는 거의 무의식적이고 원시적인 소망—

세련된 글 아래 숨겨진 탄식 속에 여전히 살아 있는―을 느낀다. 짜증스러움은, 그리고 그것이 증명해주는 고민, 혼자 살 것인가 말 것인가의 고민은 이 작품들 속 페르소나의 본질이다.

이 두 편의 에세이를 함께 읽은 효과가 있었다. 먼저 달링의 글을 읽은 다음 긴츠부르그를 읽고 다시 달링을 읽지 않았다면, 두 작품을 전진시키는 감정의 깊이와 복잡성을 보지 못했을 것이다. 크림과 아메리의 경우처럼, 두 작가의 페르소나는 서로의 연관성 속에서 명확해졌다.

나는 내가 낯선 배경 속의 익숙한 즐거움을 경험하고 있다는 사실을 깨달았다. 문학적 맥락으로 읽는 즐거움 말이다. 시나 소설을 읽을 때 흔히 느끼지만, 에세이에서는 좀처럼 의식하지 못하는 즐거움. 소설이나 시를 펼치면 즉시 문학의 풍경이 독자의 마음속 스크린에 떠오른다. 이 풍경에서 작가들은 크든 작든 한 자리를 차지하며, 그들 중 다수가 특정한 인간 경험과 긴밀하게 연결되어 있다. 콜레트*와 에로틱한 사랑, 스탕달과 세속적 욕망, 윌라 캐더**와 미처 이루지 못한 삶. 격정이나 정치나 고요한 절망에 점령당한 책을 읽어보라. 그러면 우리가 의식하든 못 하든, 읽는 순간의 이면에―더 정확히 말하

---

* 시도니 가브리엘 콜레트Sidonie Gabrielle Colette. 프랑스의 소설가.
** Willa Cather. 지방주의(제1차 세계대전 이후 지방색을 중시하며 미국 고유의 전통과 문화를 추구하려고 한 문학 운동)를 대표하는 미국의 소설가.

자면 그 안에, 밑에, 위에—콜레트와 스탕달과 캐더가 둥둥 떠다니고, 맴돌고, 침범해 들어온다. 작가와의 동행이라는 맥락 속에서 독서는 언제나 한층 더 풍요로워진다.

아메리의 글을 읽는 동안 귓가에 크림의 목소리가 울리자 나는 에세이도 시나 소설처럼 읽을 수 있음을 이해하기 시작했다. 그러니까, 삶과 문학의 관계를 확장해주는 맥락 속에서 읽는 것이다. 톨스토이, 플로베르, H. G. 웰스가 있지만, 앞으로는 결혼을 생각할 때마다 린 달링과 나탈리아 긴츠부르그가 떠오를 것이다.

◇ ◇ ◇

「그와 나」는 작가가 자신이 아닌 결혼이라는 주제를 탐구하는 데 페르소나를 이용하고 있으므로 회고록이라기보다는 에세이라고 할 수 있다. 회고록이었다면 초점이 반전되어, 결혼을 이용해서 작가 자신을 탐구하고 조명하고 정의하는 방식의 글이 되었을 것이다. 그처럼 단순한 의도에 따른 글이 나왔을 것이다.

에세이와 회고록을 잇는 완벽한 가교 같은 작품이 바로 제임스 볼드윈의 「미국의 아들의 기록」이다. 작가는 커다랗게 심호흡하여, 자신의 세상 경험을 들이마신 다음, 아주 **복잡한** 지향성을 지닌 관점을 통해 토해낸다. 거기서는 자아와 세상이 거의 완벽하게 동등한 상태로 교차한다. 자아와 세상 가운데 어느 한쪽을 희생하지 않아도 되므로, 주제를 탐구하는 동시에 자기 인식을 추구할 수 있다. 볼드윈의 유명한 에세이를 여는 단락들은 내가 말하고자 하는 바를 완벽하게 보여준다.

1943년 7월 29일, 아버지가 세상을 떠났다. 같은 날 몇 시간 후, 아버지의 막내 아이가 태어났다. 이보다 한 달 전, 우리가 이런 일들에 대비하느라 모든 기력을 쏟아붓고 있을 때, 디트로이트에서 세기의 가장 잔혹한 인종 폭동이 터졌다. 아버지 장례식이 끝나고 몇 시간 후, 아버지가 장례실에 안치되어 있는 사이, 할렘에서 인종 폭동이 일어났다. 8월 3일 아침 우리는 산산이 부서진 유리 파편들 사이를 뚫고 아버지를 묘지로 모셔 갔다. ……
나는 [아버지를] 잘 알지 못했다. 우리는 사이가 안 좋았는데, 방식은 달랐지만 둘 다 못 말리게 자존심이 강했던 탓도 있다. …… 아버지는 견딜 수 없을 만큼 비통한 마음으로 살다가 떠났다. 폐허가 된 어수선한 거리를 지나 묘지로 달려갈 때 그 비통함이 얼마나 강력한지, 또 넘쳐흐를 수 있는지 보고, 이젠 내가 그 비통함 속에 살아가야 한다는 사실을 깨달으니 두려워졌다.

서술자는 1943년 8월 3일 아침, 제2차 세계대전 시기 할렘의 역사를 자신의 눈에 보인 그대로 전하면서, 어린 시절 미국 흑인들이 빚어냈던 풍경과 거기에 서 있던 특정 인물들을 똑같은 비중으로 담은 몽타주를 만들어낸다. 이 복잡한 몽타주는 아주 훌륭한 구도로 완성되어 우리는 작가의 눈 뒤에 서서 당시 그가 보고 느낀 대로 보고 느낄 것이며, 지금 그가 이해하는 대로 이해할 것이다. 이런 이중 시점—작가 자신의 시점과 흑인 공통의 시점—을 취하려면, 관 속에 누운 남자, 엄격하고 잘생긴 목사 아버지로 시작하는 이야기를 짜야 한다.

> 잘생겼고, 자존심 강하고, 내성적이었는데, 누군가는 말하기를 '발톱 같은' 사람이라고 했다. …… 아버지는 설교단에서는 냉랭하고 사생활에서는 말도 못 하게 잔인할 때도 있었으며, 내가 아는 사람 중에 가장 모질었다. 하지만 아버지 안에 감추어진 무언가가 아버지에게 엄청난 힘과 더불어 남을 압도하는 매력까지 더해주었다. 그것은 아버지의 흑인성과 관련되었던 것 같다. 아버지는 아주 흑인다웠다. 흑인성과 아름다움, 그리고 당신이 흑인이라는 건 알면서 당신이 아름다운 건 모른다는 사실 …… 아버지가 우리 중 누군가와 유대 관계를 맺으려 시도할 때(내가 알기로 성공한 적은 한 번도 없다) [흑인성과 아름다움이] 얼굴에 드러나기도 했다. …… 그 시절 집에 돌아오는 아버지를 자식들이 반긴 기억은 전혀 없다.

아버지 안의 고립감은 세상으로까지 확장된다.

아버지는 우리 주변 사람들, 우리가 자야 할 시간에 시끌벅적한 집세 파티rent party*를 밤새도록 여는 사람들, 욕하고 술 마시고 레녹스 애비뉴에서 면도날을 번득이는 사람들로부터 우리를 떼어놓으려 무진 애를 썼고, 분하게도 꽤 큰 성과를 거두었다. …… [백인들은 당연히] 검둥이를 무릎 꿇리기 위해서라면 무슨 짓이든 하리라. …… 되도록 그들과 엮이지 않는 것이 최선이었다.

볼드윈은 아버지의 극도로 고독한 삶을 증오하고 원망했으며, 아버지가 세상을 잘못 알고 있다고 생각했고(세상이 그리 나쁜 곳일 리 없었다), 아버지의 기형적인 영향력에서 벗어나 스스로 세상을 체험해보자 결심했다. 열여덟 살이 되던 해 여름, 처음으로 할렘을 떠난 그는 뉴저지의 군수 공장에서 일하다가 이전에 아버지가 그랬듯 백인들의 세상을 참혹하게 겪었다.

그해는 …… 어떤 무시무시한 만성병에 처음 걸렸던 해처럼 내 마음속에 살아 있다. 그 증상은 한결같으니 극심한 고열, 지끈거리는 머리, 뱃속에서 치미는 열불이다. 한번 이 병에

---

* 뉴욕 할렘에 아프리카계가 모여들어 인구 과밀 지역이 되자 자연스럽게 집세가 폭등했다. 그 대책으로, 월세 날이 가까워진 주민은 집에서 파티를 열었고 이웃들이 참석하여 돈을 모아주었다.

걸리면 다시는 태평하게 살 수 없다. 예고도 없이 어느 때고 열이 확 오를 수 있으니까. 이 병은 인종 관계보다 더 중요한 것들을 망가뜨릴 수 있다. 핏속에 이런 분노를 품지 않고 사는 검둥이는 한 명도 없다. 의식적으로 감내하느냐 아니면 거기에 굴복하느냐, 둘 중 하나를 선택해야 한다. 나로 말하자면, 이 열병이 재발했고, 재발하고 있으며, 죽는 날까지 그럴 것이다.

…… [그해에는] 아무것도 명확하게 보이지 않았으나 이것만은 알았다. 내 인생, 내 실제 인생이 위험에 처했으며, 다른 사람들이 저지를지도 모를 일이 아니라 내 가슴속에 품은 증오가 그 이유라는 사실을 말이다.

1943년 여름의 끝자락, 볼드윈 가족에게는 끔찍한 기다림이 시작된다. 머지않은 아버지의 죽음, 어머니의 마지막 분만. 서술자는 주변 세상도 마찬가지임을 깨닫는다.

정말이지 할렘 전체가 기다림에 감염된 듯했다. 그토록 맹렬한 정적에 휩싸인 할렘을 겪어본 적이 없었다. …… 그렇게 많은 경찰들이 눈에 띈 적이 없었다. …… 어디에나 있었다. …… 작게 무리 지어 있는 사람들이 그렇게 많이 눈에 띈 것도 처음이었다. 현관 입구에, 길모퉁이에, 문간에 모여 있었는데, 그들끼리 대화를 나누는 것처럼 보이지 않는다는 점이 인상적이었다. …… 또 한 가지 인상적인 점은, 그런 무리의 구성원들이 뜻밖에도 아주 다양하다는 것이었다. …… 큰 덩치에 독실한 기독교도처럼 점잖은 차림의 부인들이 머리를 단단히 묶은 채 현관 입구나 길모퉁이에 서 있고, 얼굴에 진과 면도날 자국이 남은 소녀가 지저분한 새틴 옷을 입고서 그들과 함께 있었다. 아니면, 땅딸막하고 퉁명스럽고 고지식한 노인들 옆에 평판 나쁘고 광신적인 레이스 맨*들이 있거나, 아니면 이 레이스 맨들과 멋쟁이들이 함께 있거나, 아니면 이 멋쟁이들이 교회 여자들과 함께 있거나 …… 그들 모두 놀랍게도 하나의 공통된 광경을 본 듯 무거운 분위기가 감돌았고, 각자의 얼굴에는 똑같이 기묘하고도 비통한 그늘이 져 있는 것 같았다.

그들 모두가 본 것은, 미국 남부의 군사 훈련소로 보내졌던 친구들과 친척들이 할렘으로 보낸 편지들에 담긴 고통이었다. 그리고 거리로 나온 이들이 모두 느낀 건 "사랑하는 이가 아득히 먼 곳에서 위험에 처해 있다는 사실을 알 때 좀처럼 억누를 길 없는 공포"와 맞물린 크나큰 무력감이었다. (남부 훈련소의 흑인 병사들에 대한) 걱정이 어찌나 컸던지, 그해 여름 레녹스 애비뉴의 주민들 대부분은 "자기 아들이 남부 밖으로 실려 가

---

*   Race Man. 흑인들의 권리 신장에 헌신하는 흑인.

해외에서 싸우리라는 사실을 알면 묘한 안도감"을 느꼈다. "마치 위험한 여정의 가장 위험한 단계는 지나간 것처럼 …… 이제 설사 죽음이 찾아온다 해도 동포들이 공모하지 않은 명예로운 죽음이리라. 그런 죽음이라면, 요컨대, 감수할 만하리라."

바로 다음 단락은 이렇게 시작한다. "7월 28일, 아마도 수요일이었을 그날, 나는 투병 중인 아버지를 처음으로, 생전의 아버지를 마지막으로 찾아갔다. 아버지를 보는 순간 내가 왜 그렇게 오랫동안 방문을 미루었는지 알았다. 어머니에게는 아버지가 미워서 보고 싶지 않다고 말했었다. 하지만 그건 사실이 아니었다. 난 아버지를 미워**했었고**, 이 미움을 계속 붙잡고 싶었던 것이다."

이 에세이만의 독특한 통찰이 확립된다. 그들은 우리를 미워하고, 우리는 우리 자신을 미워한다. 남부 훈련소에서 오는 편지들, 디트로이트 폭동, 길모퉁이에 모이는 사람들, "견딜 수 없을 만큼 비통한 마음으로" 혼자 죽어가는 서술자의 아버지. 우리는 직감적으로 이해한다. 이 모두가 하나이며, 서로를 규정한다는 것을.

그렇다면 서술자는 어떨까? 백인을 증오하며 그들 모두 죽기를 바랄까? 물론 그렇지 않다. 그는 이제 이렇게 말한다.

진심으로 백인을 미워하려면, 정신—그리고 마음—에서 너무 많은 것을 지워야 하기에 이 증오 자체가 고단하고 자멸적인 태도가 되어버린다. 그렇다고 해서 사랑하기가 쉬운 것은 아니다. 백인의 세상은 지나치게 강력하고, 지나치게 안일하고, 까닭 없는 모욕을 기꺼이 감수하며, 무엇보다 그에 대해 너무 무지하고 너무 순진하다. 사람들은 영구적인 자질을 갖추도록 강요받고, 그들 각자가 세상을 대하는 태도는 늘 상쇄되어 결국엔 무의미해진다. 바로 이것이 백인과 흑인을 막론하고 수많은 사람들을 미치게 만들었다.

이 시점에서 우리는 인종 차별에 내재한 광기를 통감하고, 우리의 서술자가 정신을 놓아버릴 생각이 전혀 없음을 똑똑히 볼 수 있다. 오히려 그는 정신을 바짝 차리기 위해, 정신이 온전히 가동하여 **제 가치를 찾을** 수 있도록 하기 위해 글을 썼다. 마치 소설가처럼 사건을 다루는 감각이 가미된 이 열정적인 증언에는 그 후 몇 년 동안 볼드윈이 최상의 실력을 발휘하여 저술하게 될 자신과의 기나긴 논쟁이 섞여 들어가 있다.

서로 대립하는 것으로 보이는 두 가지 개념을 영원히 마음속에 간직해야 할 듯했다. 한 가지 개념은 수용이었다. 있는 그대로의 삶과 있는 그대로의 인간들을 한 톨의 앙심도 없이 받아들이는 것 …… 다른 하나는 평등한 권력이었다. 절대 불의를 평범한 일로 받아들이지 말고 전력을 다해 싸울 것. 그러나 이 싸움은 마음에서 시작되며, 이제 내 마음에서 증오와 절망을 없애버려야 했다. 이 암시에 마음이 무거워졌고, 아버지를 영영 잃어버린 지금 아버지가 내 곁에 있었으면, 그래서 오직 미래만이 내게 줄 수 있는 해답을 아버지의 얼굴에서 찾을 수 있었으면 하고 바랐다.

볼드윈은 「미국의 아들의 기록」에서 기발한 역학을 고안해냈다. '우리'와 '그들' 사이, 볼드윈 자신 안의 백과 흑 사이에 흐르는 그 역학은 큼직한 건축 블록처럼 쌓여가는 그의 사유에, 그다음엔 문장 구조 자체에 녹아들었다. 볼드윈은 이 문장의 탄력 있는 긴장 상태 속에서는 어떤 태도든—합리적이고, 인간적이고, 잔인한—동시에 취할 수 있음을 깨달았다. 우리를 위해서가 아니라 자신을 위해서.

「미국의 아들의 기록」의 마지막에 볼드윈이 두 가지 대립 개념을 머릿속에 같이 담아둘 수밖에 없었다고 말할 때, 우리는 그가 문명의 부담, 문명화**되는** 것의 부담을 말하고 있음을 깨닫는다. 또한 이것이 바로 그의 에세이가 몰두한 주제임을 알 수 있다. 이 주제는 그의 글에, 놀랍도록 흐트러짐 없는 목소리에, 단단하게 통제된 수사법에, 자유로운 감정 표현에 반영되어 있다. 그가 글을 쓸 때 서술자는 바로 그의 제재가 되고, 문명화의 대상이 된다. 메시지를 전달하는 것은 어조이다. 아니, 어조는 메시지를 전할 뿐만 아니라 메시지 자체가 된다. 서술자의 어조야말로 **곧** 이 작품의 진정한 주제이다.

오웰의 「코끼리를 쏘다」와 볼드윈의 「미국의 아들의 기록」은 강력한 공통점을 하나 가지고 있다. 두 작품 모두 인종 문제를 중심 주제로 다루고 있으며, 두 작품 모두 끊임없이 개인사와 정치를 뒤섞고, 두 작품 모두 잔인하리만큼 진실한 목소리의 통제를 받는다. 서술자는 자기 자신을 이용하여, 인간성 말살이라는 인종 차별의 부작용을 누구도 피할 수 없음을 증명한다. 그러나 두 에세이를 움직이는 힘은 감정에 휘둘린 글쓰기가 아니다. 오웰 역시—단락마다 신중한 서술과 분석과 논평을 담아, 과열된 반응을 끊임없이 억누르면서—자신만의 개성으로 만들어가던 냉정하고 명징하고 문명화된 목소리를 통해 모든 것을 잘 조율하고 있다. '문명화'가 핵심 단어이다.

여느 자전적 에세이처럼 이 작품들도 작가가 자신이 처한 상황을 큰 틀에서 이해하는 이야기를 담고 있다. 하지만 여기서는 세상과 자아의 관계가 평형 상태를 이루기보다는 서술자가 밑으로, 안으로 파고들어 간다. 「미국의 아들의 기록」과 「코끼리를 쏘다」 모두 지독하리만치 깊숙한 자아 탐구가 글 전체에 스며들어 있다. 자전적 이야기를 에세이에서 회고록으로 인도하는 것은 탐구의 깊이이다.

회고록

THE MEMOIR

30년 전, 남에게 들려주고픈 이야기가 있는 사람들은 앉아서 소설을 썼다. 요즘 사람들은 회고록을 쓴다. 삶에서 상상력으로 빚어낸 이야기보다는 삶에서 직접 가져온 이야기를 들려주고픈 절박함까지 느껴질 정도다. 많은 이들에게 이는 당혹스러운 흐름이다. 글을 읽고 쓰는 사람들이 곳곳에서 묻는다. 왜 하필 회고록일까? 왜 하필 지금? 지난 수십 년 사이에 무슨 일이 있었기에 사람들의 관심이 소설에서 회고록으로 선명히 옮겨 가고, 너나 할 것 없이 글쓰기를 통해 자신의 경험을 구체적 형태로 빚고자 하는 욕망에 사로잡히게 된 걸까? 이 변화의 의미는 무엇일까? 그것은 언제까지 계속될까? 어디까지 갈 수 있을까? 질문은 수사적이고, 답은 전적인 추측이다. 왜 지금 회고록 열풍이 불고 있는지에 대한 나의 생각은 이렇다.

우선, 모더니즘이 힘을 다하면서 우리는 서사의 즐거움을 빼앗겼고, 읽기는 가혹한 행위가 되어버렸다. 수년간 우리의 소설은 오로지 목소리였다. 플롯에도 상황에도 단단히 매이지 않은 채 감정적 공간 안에서 우리에게 호소하는 목소리. 분명 이 목소리는 우리 시대—내면성에 꼼짝없이 갇혀 현실에 발을 딛지 못하는 삶—의 역사를 제법 잘 이야기해 의미를 부여하고 문학을 만들어냈다. 또 이 목소리는 스토리텔링의 충동을 표면 아래 은밀한 곳으로 몰아넣기도 했다. 맥락이 풍부하고, 상황을 생생히 전달하며, 사건과 관점으로 가득 찬 이야기를 전하고자 하는 충동은 밥을 먹고 숨을 쉬어야 하는 욕구만큼이나 인간 안에 강하게 내재해 있다. 억누를 수 있을지언정 절대 없앨 수는 없다.

20세기가 저물면서 목소리의 힘만으로는 사람들의 마음을 끌기가 점점 더 힘들어지자(통찰은 새롭지 않고, 거기에 담긴 지혜는 식상했다) 서사에 대한 갈망이 다시금 솟아났다. 새롭게 돌아온 '이야기'의 사실주의를 통해, 박탈감에 시달리는 독자들의 관심을 되찾으려는 움직임이 일어났다. 결국, 보통 사람들이 들려주는 인생 이야기만큼 사실적인 것이 어디 있겠는가.

목소리만의 위력이 줄어드는 동시에, 역설적이게도 모더니즘의 영향을 많이 받은 대중문화의 시대가 역사상 유례없이 강렬하게 출현했고, 오늘날 수백만 명의 사람들은 저마다 진지한 삶을 영위할 권리가 있다고 여긴다. 진지한 삶이란 반추하는 삶, 이해하고 증언하려 노력하는 삶이다. 증언의 욕구로 대변되는 시대인 것이다. 세상 곳곳에서 사람들이 자기 이야기를 하려고 자리를 박차고 일어나는 현상은 자신의 삶이 의미 있다는 요즘의 보편적 믿음에서 비롯된다. 세계 도처의 인권 운동과 일반적인 심리 치료 문화가 이런 믿음을 부추기는 데 크게 일조했다. 미국에서만도 40년에 걸친 해방주의 정치학을 통해 여성, 흑인, 동성애자 들로부터 참으로 놀라운 증거들이 쏟아져 나왔다. 정치적 해석에 뒤이어 알코올, 가정 폭력, 성적 장애, 자식의 때 이른 죽음 등 일상의 혼돈에 갇힌 삶들이 보내는 답신이 빠르게 울려 퍼졌다. 이런 삶 역시 의미 있어 보인다. 이런 생애에는 할 이야기가 있고, 들려줄 재난이 있으며, 쓸 회고록이 있다.

하지만 회고록은 증언도 우화도 분석적 기록도 아니다. 회고록이란, 삶이라는 원료로부터 이야기를 끌어내 경험을 구체화하고, 사건을 변형하고, 지혜를 전달하는 자아라는 개념에 의해 통제되는 일관된 서사적 산문이다. 회고록 속의 진실은 실제 사건의 나열로 얻어지지 않는다. 작가가 당면한 경험을 마주하려 열심히 노력하고 있음을 독자가 믿게 될 때 진실이 얻어진다. 작가에게 무슨 일이 일어났는가는 중요치 않다. 중요한 것은 작가가 그 일을 큰 틀에서 이해할 수 있느냐 하는 것이다. 이를 위해서는 글을 짓는 상상력이 필요하다. 프리쳇*은

<hr />

* 　빅터 소던 프리쳇Victor Sawdon Pritchett. 영국의 소설가, 평론가, 저널리스트.

회고록에 대해 "중요한 건 필력이다. 인생을 살았다는 이유만으로 칭찬받을 수는 없다"고 말한 바 있다.

자아―회고록을 통제하는 자아―의 개념은 거의 언제나 단 한 조각의 자각을 통해 얻어진다. 이 자각은 서사가 진행될수록 작가 내면에서 서서히 명료해지며 힘을 얻고 규정된다. 나쁜 회고록에서는 이처럼 명료해지는 과정이 흐릿하고 불투명하며 애매하다. 좋은 회고록에서는 이 과정이 구성 원리가 되어 글에 형태와 질감을 부여하고, 서사를 전진시키며, 목적의 통일성과 방향성을 제시한다. 모범적인 회고록이 명확히 던지는 질문은 '나는 누구인가?' 하는 것이다. 삶에서 곧장 건져낸 이 이야기의 의미를 결정하는 '나'는 정확히 누구인가? 회고록 작가는 이 질문에 마주해야 한다. 답이 아닌 깊이 있는 탐구로써.

"내게 쓸거리란 나 자신밖에 없는데, 내가 가지고 있는 이 자아가 무엇으로 이루어져 있는지 잘 모르겠다"라는 루소의 말은 사실 독자에게 이렇게 고하고 있는 것이다. "당신들 앞에서 나 자신을 찾아 나서보겠습니다. 경험담을 느낀 그대로 기록할 테니 그것이 예시하는 바가 무엇인지 함께 보고, 내가 찾고 있는 자아를 우리 같이 발견해봅시다." 이것이 바로 우리가 알고 있는 회고록의 시작이다.

루소가 염두에 두었던 '나'는 그 정의가 크게 변했지만, 한 세기가 넘는 세월 동안 그것은 윌라 캐더가 1930년대에 말한 '불가침의 자아'와 빼닮아 있었다. 함께하면 숨통이 트이고 외로움도 소외감도 분노도 사라지는 우리의 중심핵, 진짜 우리 자신이라 부를 수 있는 무언가. 일반적인 재앙(폭설, 실명, 근친 상간, 중독)이나 무작위적인 정치적 불행(계급, 인종, 성)으로는 설명하거나 조명할 수 없는 나. 실존주의자들이 말하는 '되어 가는'* 인간, 우리 시대의 말로 하자면 참다운 나.

현대의 회고록은 자신의 삶을 일정한 모양으로 빚은 글이 무관심한 독자들에게 가치 있는 작품으로 다가가려면 극적인 각색을 거치고, '되어가는' 경험을 충분히 반영해야 한다고 가정한다. 주변의 우연한 사건을 통해 내가 누구인지 들려주는 애매함에서 벗어나, 캐더가 불가침이라 말하는 자기의 충동을 정밀하게 밝혀내는 명료성으로 내적 방향을 트는 것이다. 이 점에서 탁월함을 보여준 20세기 초의 회고록이 에드먼드 고스 의『아버지와 아들』이다.

고스는 1849년 광적이리만큼 엄격한 기독교 근본주의 교 파인 플리머스 형제단의 신도들, 필립과 에밀리 고스의 아들 로 태어났다. 태어나면서부터 그는 부모에 의해 '주님을 섬기 는' 자로 바쳐졌다. 하지만 그는 엄청난 양의 글을 발표한 영향 력 있는 문학 비평가이자, 도시 생활을 만끽하는 열렬한 출세 주의자가 되었다. 50대에 왕립문학협회 회원이 되어 국내외에

---

* 실존주의에 따르면, 우리는 정지된 상태로 존재being하는 것이 아니라 항상 새로운 것으로 되어가는becoming, 지금의 자신을 초월하는 과정 중에 있다.

서 훈장을 받고 죽기 2년 전에는 기사 작위까지 받았다. 하지만 살아생전에 고스에게 큰 명예를 가져다준 작품은 그와 함께 사라질 운명이었다. 그가 죽은 후, 그의 글을 지배하는 빅토리아시대 분위기에 공감하지 못하는 세상 사람들에게 그의 작품은 더 이상 통하지 않았다.

1907년 쉰여덟 살의 고스는 후세에 그의 이름을 남겨줄 회고록 『아버지와 아들』을 발표했다. 처음부터 이 작품은 비범해 보였다. 예상과 달리, 빅토리아풍의 문장들로 짜였지만 새로운 세기에 걸맞은 진솔한 목소리가 전체를 아우르는 혼종hybrid 작품이었다. 6년 후인 1913년에 발표된 로런스의 『아들과 연인』과 일맥상통하는 면이 있다. 이 작품에서 서술자는 어린 시절 '가장 깊은 내면의 자아'(즉 관습적인 제약에서 자유로운 자아)를 자각하려 사투를 벌이는 동시에 이 제약이 삶의 유지에 꼭 필요한 부모(잘 알려진 대로, 그의 경우엔 어머니였다)와 에로틱하게 엮여 있음을 이해한다. 로런스의 위대한 소설은 그 의미―진정한 의미―를 거리낌 없이 모더니즘적으로 표현하며 당대 사람들의 인식에 폭발적인 반향을 일으켰다. 기질도 목표하는 바도 로런스와 달랐지만, 고스 역시 부모와의 낭만적 관계를 버무려 어린 시절의 이야기를 복잡하게 엮어냈다.

고스의 이야기에 제일 처음 등장하는 인물은 성경 읽기에 심취했던 아버지(어느 정도 명성이 있던 해양생물학자)와 어머니(종교적인 글을 잘 썼던 작가)이다. 하루 온종일 아버지와 어머니는 함께 기도하고, 성경을 읽고, 성경을 논한다. 해야 하는 일이라서가 아니라, 즐거워서다. 필립과 에밀리의 우애는 유별나게 끈끈하다. 집은 고요하니 엄격한 분위기지만, 이 안에서 부모는 서로에게, 그리고 자식에게 따스하다. 세속적 금욕에 점령당한 고스 가족의 삶은 전혀 불행하지 않다.

에드먼드가 일곱 살일 때 어머니가 암에 걸려 죽는다. 아버지는 목 놓아 울고 최면에 걸린 듯 기도를 읊조리며 아내의 죽음을 비통한 심정으로 애도한다. 그의 고통은 어린 아들의 마음을 찢어놓는다. 집에 드리운 침울한 분위기와 고립감은 더욱 깊어가고, 감수성 예민한 아이와 너그러운 남자의 관계 역시 그렇다. 암담한 비애가 그들을 뒤덮는다. 애통함과 혼란 속에서 두 사람은 서로에게 매달린다.

1년 후 필립 고스와 아들은 데번주 해안의 벽촌으로 이사하고, 그곳에서 필립은 플리머스 형제단 지부장을 맡는다. 시간이 흘러 열 살이 된 에드먼드는 아버지가 목을 매는 메시아 신앙의 온화하면서도 가차 없는 압박 속에 공개 세례를 받고 교회의 소년 설교자가 된다. 그렇게 하지 않았다면 아버지는 어린 에드먼드가 차마 눈 뜨고 보기 힘들 정도로 괴로워했을 것이다.

그러나 묵묵한 순종 밑에서는 딱히 이름 지을 수 없는 반항심이 꾸준히 쌓여가고 있었다. 그저 에드먼드가 아는 거라곤, 기도가 고달프다, 전례의 시적 아름다움은 사랑스럽지만 그 명령은 그렇지 않다, 성경 이야기는 매력적이지만 그 교훈적

결말은 그렇지 않다. 교회에 있으면 따분하고 딴생각이 자꾸 든다는 것뿐이다. 에드먼드는 신을 느끼지 못한다. 그러고 싶지만, 뜻대로 되지 않는다. 그가 느끼는 것은 언어와 서사, 상상의 언어, 산문에 숨겨진 인간 감정의 이야기에 대해 점점 더 깊어지는 사랑이다. 간단히 말해, 미래의 문인 에드먼드를 발견하고 있는 것이다. 그것도 친구나 대화나 세속적 경험 없이. 무언의 생각을 말없이 껴안음으로써, 점점 더 성장하는 의식 속에서 멋진 교우를 발견함으로써, 오롯이 홀로, 중심에 있는 '자기'와 마주하고, 그것이 요구하는 바에 서서히 압도당한다.

에드먼드의 회고록을 구성하는 주요한 요소는 두 가지다. 에드먼드의 자각, 그리고 그와 광신도 아버지의 강력한 유대감. 이 두 가지 요소는 책 앞부분에서 일찌감치 묘사되는데, 전자는 영국 문학사상 내적 삶의 발견에 대한 가장 매혹적인 서술과 함께 등장한다. 어느 날 아침, 여섯 살의 에드먼드와 어머니가 거실에 단둘이 있는데 아버지가 들어오더니 거리에서 일어난 사건을 얘기하면서 어떤 일을 사실로 단언했다.

카펫에 서서 아버지를 물끄러미 바라보던 내가 이 말을 듣고 당혹스러워 얼른 고개를 돌려 난롯불을 들여다봤던 기억이 난다. 아버지의 말은 '사실이 아니었기에' 나는 벼락이라도 맞은 듯한 충격을 받았다. 문제의 사건을 현장에서 지켜봤던 어머니와 나는 아버지가 전해 들은 이야기가 사실이 아님을 알았다. 어머니가 조심스레 그렇게 말하자, 아버지는 자신의 말을 바로잡았다. 부모님에게는 아무것도 아닌 사소한 일이었겠지만, 내게는 청천벽력과도 같은 사건이었다.

1~2주 후 어쩌다 잘못하여 아버지의 정원을 망쳐놓은 에드먼드는 들키지 않고 넘어갈 수 있으리라 생각한다. "신과도 같았던, 거스르기 힘든 자연의 힘 같았던 아버지가 이제 내 눈에 인간의 차원으로 추락했다. 앞으로는 세상에 대한 아버지의 말을 맹목적으로 받아들이지 않아도 되리라."

아이는 시련에 빠진다. 아빠가 모든 걸 알지는 못하는구나, 그렇다면 아빠가 아는 건 뭘까? 에드먼드는 자문한다. 이제 아빠의 말을 어떻게 받아들여야 하지? 뭘 믿고 뭘 믿지 않을지 어떻게 결정해야 할까? 혼란 속에서 에드먼드는 이 의문이 자신에게 향한 것임을 불현듯 깨닫는다.

이 위기 상황에서 나의 야만적이고 미성숙한 작은 뇌를 습격해 온 모든 생각 중에 가장 신기한 것은, 비밀까지 털어놓을 수 있는 벗을 내 안에서 찾았다는 것이다. 이 세상에는 한 가지 비밀이 있었으며, 이는 나 그리고 나와 한 몸에 살고 있는 누군가에게 속해 있었다. 그렇게 우리 둘이서 대화를 나눌 수 있었다. 너무도 설익은 이 느낌을 뭐라고 정의하긴 어렵지만, 나의 개체성을 이런 이중적 형태로 갑작스레 인식한 것은 확실하고, 내 가슴속에서 동조자를 발견해 크나큰 위안을 받았다는 사실 또한 또한 확실하다.

자기와의 대화에 능한 이 아이는 그해 비탄에 빠진 아버지의 유일한 친구가 된다. 그리고 여기서 또 하나의 요소가 자리를 잡는다.

그 비극적인 시간을 돌이켜 보면, 아버지 때문에 가슴이 찢어진다. …… 임종의 순간에 어머니는 어떤 문을 지나 빛의 세계로 들어가고 있다며, 우리가 곧 만나게 되리라 [약속했었다.] …… 아버지는 이 확신과 비전을 변함없이 고수하고 있었지만, 그의 타고난 우울함에는 어떤 약도 듣지 않았다. 아버지는 자신의 둔감함과 고독을 의식하고 있었으며, 내가 거기에 뒤덮여 있다는 사실도 알았다. 이때 아버지는 내게 가없는 애정을 품고 있었던 것 같다. 가끔 서재에 이른 황혼 빛이 밀려들어 현미경을 아무리 들여다봐야 소용이 없어지면 아버지는 말없이 손짓으로 나를 불러 품에 꼭 안아주곤 했다. 내가 의아해서 얼굴을 들어 참을성 있게 바라보고 있으면, 아버지의 눈가에 뜻하지 않은 눈물이 그렁그렁 맺히는 것이었다. 나는 가만히 있는 데 단련되어 있었고, 우리는 말 한마디 없이, 미동도 없이 그렇게 있곤 했다. 그러다 방 안이 캄캄해져서 내 작은 손을 아버지에게 붙잡힌 채 조용히 아래층 응

접실로 내려가 보면 램프가 켜져 있었고, 그렇게 우리의 구슬픈 추모 예배는 끝났다. 아버지와 나의 삶에서 1857년의 그 여름만큼 서로 가까웠던 적은 없는 것 같다. 그럼에도 우리는 우리 사이의 그토록 따스하고 향기로운 이야기는 좀처럼 나누지 않았다.

독자는 한꺼번에 몇 가지 사실을 알게 된다. 아버지의 의지는 강압적이지만 아버지 자신은 그렇지 않다는 것. 집 안 분위기는 숨 막힐 듯 답답하지만 소년은 질식당하지 않는다는 것. 감정적 공기는 밀폐되고 공간은 막혀 있지만 처음부터 소년이 자기 안을 이리저리 거닐고 자신을 받아들이고 이런저런 답을 찾아낼 여유는 충분하다. 이 공기, 이 공간은 물처럼 한결같이 흐르는 아버지의 다정한 애정 덕분에 만들어진다.

이 다정함이란 참으로 놀랍다. 상상력이나 진정한 지성이라곤 눈곱만큼도 없는 남자(다윈설의 등장으로 위기에 처하자 필립은 어리석게도 신이 바위에 화석을 새겨 넣었다고 주장하는 책을 썼다), 숨 막힐 듯 배타적인 교리에 넘어가 아들에게 자신의 삶을 복제시키리라 결심한 남자가 여기 있다. 그러면서도 그는 공감이라는 한결같은 재능으로 아들을 감싸 안는다. 이 아버지는 결코 아들에게 마음의 문을 닫지 않는다. 아내가 죽을 때도, 공개적으로 지적인 굴욕을 당할 때도, 돈과 구원, 형제단의 무능이 걱정될 때도. 언제나 그는 아이를 가슴에 품는다. 에드먼드가 이런 내적 상황을 전심전력으로 재현하니, 우리는 이것이 얼마나 부담스러운 일인지, 결국엔 이런 아버지에게 "난 당신이 아니에요. 내가 뭐든 간에 당신이 아니에요"라고 말해야 하는 것이 얼마나 어마어마한 일인지 이해할 수 있다.

그런 어마어마함이 곧 이 회고록이 전하는 이야기이며, 나머지는 상황이다. 이 아들은 완고하고 자기중심적인 부모(아버지)가 아니라, 자라나는 생명체에게 다정한 배려를 베풀어 소신을 지킬 능력을 키워주는 부모(역시 아버지)와 전쟁을 벌임으로써 자신의 실력을 발휘하고 인정받아야 한다. 바로 이 점이 독자의 마음에 새겨져야 한다. 이것이 서술자가 전하고자 하는 지혜이다. 진정한 한 인간이 되려면 사랑을 배신해야 하는 것이다. 에드먼드가 아버지의 삶 속으로 파고들며 발휘하는 공감은 이 작품의 위대한 성과이다. 덕분에 에드먼드는 궁극적으로 자신의 내면도 파고들 수 있다. 회고록의 처음부터 유려한 묘사가 가득하다. 기도에 열중하는 아버지의 매서움과 격렬함, 성스러운 예언에 대한 열정적인 집착, 황홀경에 빠진 설교, 철저한 종교적 탐구, 그토록 명백한 심오함. 마지막에 에드먼드가 정의하는 자기 자신은 이에 반하는 모습이다.

이와 동시에, 금단의 열매와도 같은 문학을 발견함으로써 독립성을 키워나가는 자아의 여정도 함께 기록된다. 히브리서를 억지로 읽던 아이는 언어의 신비로운 아름다움에 감동한다. 라틴어를 공부하기 시작하면서는 베르길리우스의 목소리에서 놀라운 쾌감을 발견한다. 모험담이라고 하면 지리학 지식을 늘리는 용도로만 여기던 아이는 『톰 크링글의 항해 일지 Tom Cringle's Log』가 선사하는 서사적 흥분에 나가떨어진다. 결국 셰익스피어와 낭만주의 시인들까지 만나고 나서는 더 이상 예전으로 돌아갈 수 없다. 문학에 서서히 잠식된 성장기의 소년은 일찌감치 문학과 "내 고유의 끈질긴 자아"의 연결을 명예롭게 여긴다. "겉으로 보기에는 유순하고 고분고분한 사람이었지만, 어린 시절 깨달은 가장 내밀한 자질을 항상 의식하고 있었다. …… 마음속 심연에서 불가침의 비밀 엄수라는 원칙 아래 서로에게 말을 걸 수 있었던 둘의 존재를."

이 회고록을 다 읽고 나서도 우리가 빅토리아시대의 탐미주의자 혹은 문학계 사교가로서의 에드먼드 고스에 대해 알게 되는 사실은 아무것도 없다. 우리가 알게 되는 것은 딱 하나, 아버지의 아들 고스이다. 다시 말해, 독립해가는 자아의 투쟁과 가치를 기록하고 말하는 남자만이 남는다.

겨우 20년 후 집필된 애그니스 스메들리Agnes Smedley의 『대지의 딸Daughter of Earth』은 '되어감'의 과정을 전혀 다른 어조로 이야기한다. 작가는 내적 자아라는 개념에 (전적으로든 아니든) 잔인하리만치 적대적인 삶의 조건을 묘사하며, 서술자의 목소리는 작가가 기록하는 잔혹함과 고통스럽게 공명한다. 무엇보다, 그것이 태어난 문화와 완전히 일치하는 목소리이다.

내가 쓰는 것은 한 시간을 기분 좋게 보낼 수 있도록 만들어진 아름다운 작품이 아니다. 퍽퍽한 현실로부터의 해방을, 정신의 고양을 선사할 교향곡이 아니다. 이 글은 절망 속에 쓰인 인생 이야기이다. …… 하층민의 애환이 담긴 이야기 …… 나는 30년을 살았으며, 이 세월 동안 인생의 쓴맛을 보았다. …… 죽음이 아름다울 때가 있다. 하지만 나는 아름다움을 위해 죽는 자들에 속해 있지 않다. 나는 다른 원인들로, 즉 가난에 지쳐서, 부와 권력에 희생되어, 대의를 위해 싸우다 죽는 자들에 속해 있다. 사랑의 고통이나 환멸 때문에 절망에 빠져 죽는 사람들도 더러 있지만, 우리 대부분에게 '지진은 새로운 샘을 드러낼 뿐'이다. 우리는 대지의 존재이며 우리의 투쟁은 곧 대지의 투쟁이므로…….

원시적인 글쓰기의 정수를 보여주는 이 작품의 시작은 이렇다. 거칠고, 뜨거우며, 즉각적이다. 이미지는 댕강 잘려 있고, 글이 그려내는 그림은 원근감도 여백도 없는 전경前景이다. 『대지의 딸』의 주인공이 가로지르는 이 살풍경에서 내적 삶은 황야의 전초지이며, 그는 분필과 점토와 인간의 찌꺼기로 자신을 만들어내야 한다.

스메들리는 1892년 미주리의 가난하고 교양 없는 가정에서 태어났다. 아침부터 밤까지 논밭에서 일하는 농부 가족은 가뭄과 토네이도, 흉작을 견뎌야 했다. 아버지는 "유랑자의 영혼과 상상력을 지닌" 남자였다. 항상 엉덩이가 들썩였으며 미남에 허풍선이였다. 어머니는 한때 아름다웠으나, 서른 살에는 고된 삶에 지치고 늙은 촌부가 되어 있었다. 결혼 몇 년 후 부모는 심하게 다투기 시작했다. 아버지는 다른 곳으로 떠나 돈을 벌고 살아 있음을 느끼고 싶다 한다. "1년에 서너 번 열리는 축제밖에 없었다. 이외의 시간에는 하나 있는 쟁기로 논밭을 갈아야 했다. …… 흙덩어리에 맨발을 차이면서. 아버지는 1년 내내 신발을 신고 싶어 했다." 어머니는, 아버지가 진득하니 하는 일 없이 항상 푸념만 늘어놓고, 사실도 아닌 이야기를 떠들어대고, 게으름 피우며 노래나 불러댄다고 맞받아친다.

다툼은 심해진다. 아버지는 욕을 퍼붓고, 어머니는 울고, 아버지는 뛰쳐나가고, 남겨진 어머니는 식탁만 물끄러미 바라보고 있다. "하지만 우리 모두 떠났으니, 결국엔 아버지가 이겼다. 바로 그 순간부터 우리의 뿌리는 흙에서 뜯겨 나왔고, 우리는 언제나 바로 저 너머에, 우리가 없는 곳에 놓인 성공과 행복과 부를 찾아 떠도는 방랑의 인생을 시작했다. 그 후에야 나는 '내가 없는 그곳에 행복이 있다'라는 명언을 들었다."

가족은 국가적 규모의 '방랑'에 휩쓸려 끊임없이 서부로 이동하며 부평초처럼 떠돌이 생활을 한 19세기의 최하층민 무리에 합류하게 된다. 벌목꾼, 광부, 트럭 운전사 들은 짐승 같은 힘을 발휘하고 내적 혼돈에 시달리며, 재력가들에게 상대가 안 되는 미련한 잔꾀를 부리며, 끈질긴 노동으로 나라를 건설했다. 수천 명의 다른 사람들과 마찬가지로 스메들리의 아버지는 이기기는커녕 이해할 수도 없는 세상에 속수무책으로 맞선 무지하고 겁먹은 거드름쟁이, 가망 없는 패자이다. 어느샌가 그의 안에서 노래와 이야기는 자취를 감춘다. 그는 학대자, 술주정뱅이, 아내 폭행범이 된다. "아버지의 눈물 …… 그것 때문에 내 인생은 쓰라렸다!"

어린 시절 내내 스메들리는 가족과 함께 옮겨 다닌다. 캔자스, 미주리, 콜로라도 …… 이 광산에서 저 광산으로 …… 항상 개처럼 일하고, 항상 사기를 당하고, 항상 살아남으며. "산다는 것은 일하고, 자고, 먹을 수 있는 것을 먹을 수 있을 때 먹고, 번식하는 일에 불과했다. 놀잇거리로는 남자들에게는 술집이 있었고, 여자들에게는 아무것도 없었다. 책은 진기한 물건, 신문은 희귀품이었다. 독서는 부자들의 오락이었다." 광부들이 파업을 일으키면, 분노보다 무지가 고개를 쳐든다.

모두가 분개했지만, 우리는 고개를 숙인 채 파업이 끝나기를 기다렸고, 결국에는 우리에게 임금을 지불함으로써 생존권을 주는 자들에게 복종했다. '네, 선생님!', '고맙습니다, 선생님'이라고 말했다. 어쩔 수 없다는 것을 알기에 …… 그로부터 기나긴 세월이 흘렀고, 내 인생에 너무도 많은 폭풍우가 들이닥쳤기에, 우리가 얼마나 무지했는지 오롯이 기억해내기는 쉽지 않다. 그 후에 '사람은 마땅히 얻을 것을 얻는다'라는 말을 자주 들었는데, 그럴 때마다 협곡과도 같았던 우리의 삶이 떠올랐다. '마땅히'라는 단어는 가진 자가 남의 것을 빼앗을 때 사용하는 무기이다. 무지의 어둠, 이를 겪어보지 않은 자가 그 의미를 어찌 알까! '마땅히 누릴 자격이 있는 사람들'을 운운하는 자들이야말로 가장 무지하다. 앎의 세계는 우리로부터 멀리 떨어져 있었으므로, 협곡 속의 우리는 생각하는 대신 행동으로 반응했다.

존 스타인벡John Steinbeck의 『분노의 포도Grapes of Wrath』 속 인물들 같은 이 사람들에게 자본주의는 틀림없는 적이다. 그리고 남자에게나 여자에게나 똑같이 가혹한 인생이라지만, 아주 어린 소녀가 보기에 여자는 그야말로 노예의 인생을 살고 있다. 독립적이면서도 존경받는 여성이 되기란 명백히 불가능하다. 여성의 미래는 결혼 아니면 매춘이다. 열두 살의 스메들리에게 결혼보다는 차라리 매춘이 더 나아 보인다.

방과 후, 그리고 토요일과 휴일에 나는 동네 여자들을 도와 설거지나 빨래를 하고, 심부름을 하고, 땔감이나 석탄을 날랐다. …… 갓 결혼한 어떤 여자를 도와주기도 했다. 세탁 일로

제 밥벌이를 하던 여자였다. 하지만 결혼하자마자 남편에게 일을 금지당했다! 남편은 활동적이고 독립적인 삶을 꾸리던 아내를 방 세 칸짜리 집에 처박아두고는 대부분의 일을 학교에서 돌아온 내게 맡겼다. ……

결혼 몇 주 후 글래디스는 남편과 다투기 시작했다. 동네 여자들은 블라인드가 쳐진 창문 뒤에서 그 소리를 들었다. 글래디스가 하소연하자, 기찻길 부근에 사는 여자들이 그렇듯, 그들은 여자가 남편을 '돌봐야' 한다고 생각하는 듯했다. 내 안의 무언가가 반기를 들었고, 나는 그들 모두 밉고 경멸스러웠다.

글래디스는 다시 일하고 싶은 마음이 간절하지만, 남편은 자기 눈에 흙이 들어가기 전에는 절대 안 된다고 말한다.

그래서 글래디스는 일터로 복귀하지 않았다. 몇 달이 지나고 동네 사람들은 미소 지었다. 글래디스가 '임신했다'는 소식을 들었기 때문이다. 글래디스와 남편의 다툼은 계속되었다. 그들 사이에 오간 말은 단검이 무자비하게 긁고 지나간 흉터처럼 내 기억 속에 여태 새겨져 있다. ……

"내가 사준 옷들 도로 내놔!" 어느 날 남편이 글래디스에게 고래고래 소리 질렀다. …… "무슨 소리야, 자기, 내가 당신 사랑하는 거 알면서!" 글래디스는 울먹이며 빌었다. 이젠 다시 일하고 싶어도 할 수 없으니. ……

두 옆집 여자는 창문 너머로 이 대화를 듣고는 웃었다. 잘난 척도 끝이네, 라면서. 나는 웃지 않았다. 그들 부부의 대화에는 마음을 좀먹는 무언가가 있어, 집으로 돌아가서는 다시 떠올릴 수도 없을 지경이었다. 그 후로 딱 한 번 그 말을 그대로 옮길 수 있었는데, 내가 결혼을 증오하고 유부녀들을 혐오하는 근본 이유를 찾으려 애쓸 때였다. 그들이 주고받은 단 두 마디로 나는 부부 관계에서 남편과 아내가 차지하는 진정한 위치를 가늠하게 되었다.

이 목소리의 굽힘 없는 단단함이야말로 『대지의 딸』의 남다른 특색이다. 콜로라도, 오클라호마, 애리조나를 홀로 가로지르고, 옷 속에 숨겨둔 총 한 자루로 위험과 추위와 허기를 헤쳐나가고, 달려드는 곰이 아니라 남자들을 찢어발기며, 제1차 세계대전이 터지기 몇 년 전 마침내 뉴욕시에 다다라 교육자, 저널리스트, 혁명운동의 원조자로 활동하게 될 소녀의 목소리이다. 그동안 스메들리가 가슴에 품은 증오─'시스템'에 대한 증오, 여성으로 태어났다는 절망감에 대한 증오─는 결코 누그러짐 없이 처음처럼 끝에도 활활 불타오른다. 그의 말을 옮기자면, "나는 딱딱하고, 고마워할 줄 모르고, 우아함이라곤 없는 소녀가 되었고, 이는 나에게 유일한 생존 방식이었다". 『대지의 딸』에서 진실을 말하는 목소리에 깃든 날것의 힘과 명백한 한계가 드러나는 대목이다. 현란한 회피는 말할 것도 없고.

스메들리는 자기 자신과 섹스에 대해 끝까지 솔직하지 못하다. 그는 욕정을 느끼며, 그런 자신을 증오한다. 자신을 증오하며 채찍질을 한다. 자기 안에 일어나는 육욕을 한 번도 인정하지 않는다. 오히려 남자(어떤 짐승)는 거듭되는 '추락'의 원인이다.

열아홉 살에 스메들리는 고등교육을 받은—사랑을 동반자 관계로 이해하는—남자를 만나고, 금세 사랑에 푹 빠진 남자는 스메들리에게 청혼한다. 스메들리는 그와 결혼하고, 남편이 화를 돋운다는 이유로 그를 학대하기 시작한다. 부부는 파경을 맞는다. 후에 스메들리는 뉴욕으로 망명한 인도 독립 운동가들과 함께 활동한다. 간디를 추종하던 남성 독립운동가들은 고마워하는 마음으로 따스하게, 그리고 의혹을 품은 채 스메들리를 맞는다. 스메들리는 그들 중 잘생기고 냉소적인 바람둥이에게 자기도 모르게 끌린다. 그가 구애하자 당연히 그 마음을 받아들이고, 그러고는 그를 매도한다. 그가 스메들리를 유혹하는 장면을 묘사한 대목은 놀랍다. 서로 눈이 맞았다는 사실이 빤히 보이는데도, 스메들리는 그 인도인의 비열함, 부도덕성, 짐승 같은 야만성을 통렬히 비난하기만 한다. 훗날 스메들리는 인도의 넬슨 만델라라 할 수 있는 남자—온화하고 지적이며 정직한 남자—와 결혼하고, 남편 동료(뿐만 아니라 가벼운 마음으로 잠자리를 같이했던 다른 모든 남자)와의 불륜에 대해 거짓말을 한다. 이 결혼 역시 서서히 파멸로 향한다. 이번에도 스메들리는 자신의 분노와 교활함이 결국 자신과 남편을 광기로 내몰았음을 이해하지 못한다.

하지만 스메들리는 섹스 때문에 고통받는다. 크나큰 고통을! 늘 따라다니는 형벌과 유혹이 그의 내면을 휘감는다. 두려움, 흥분, 받아들이지도 버리지도 못하는 자신에 대한 혐오 자체가 『대지의 딸』에 구현된 페르소나의 본질이자, 회고록을 완성하는 요소이다. 이 글이 교훈주의로 빠지지 않을 수 있었던 이유는 서술자가 자신과 맺고 있는 고약하리만치 복잡한 관계 때문이다. 서술자는 폐쇄적이고 완고하고 방어적이지만 그래도 우리가 모든 것을 볼 수 있게 해주며, 하나의 진실을 향해 나아가는 글의 여정에서 서술자의 부정직이 핵심 역할을 한다.

마치 미국판 막심 고리키의 이야기를 듣는 것 같다. 순박한 구술 스타일로 전하는 증오와 자기혐오의 이야기는 교활함과 투박함 때문에 호소력이 훨씬 더 짙어진다. 입에 담기 어려우리만치 지독한 상황의 너무나 단순한 요소들을 집요하게 파고듦으로써 스메들리는 원초적 균형의 폐기를 제안할 힘을 갖게된다. 그가 위대한 작가라면, 계급과 성의 이야기를 원초적 상실, 즉 프로이트적이고 신화적인 구제 불능의 내적 손상에 관한 이야기로 심화했을 것이다. 그러나 자아의 개념을 **전혀** 모르는 채로 살다 죽을 자들의 가족으로 태어난 스메들리는 미국 개인주의의 기묘한 고독에 처할 운명을 타고난 소외된 인간으로 사는 **느낌**을 능수능란하게 환기하는 작품을 썼다.

◇ ◇ ◇

『아버지와 아들』에서 『대지의 딸』을 거쳐 『기만의 공작
Duke of Deception』에 이르기까지, '되어감'을 이야기하는 회고록
은 지난 세기 동안 대단한 진전을 이루었다. 1970년대 후반에
『기만의 공작』이라는 회고록을 쓴 제프리 울프는 해방되어야
할 불가침의 자아가 있다고 믿는 사람도 아니고, 자신에게 불
가침의 자아가 **있음**을 주장하기 위해 시적 원시주의*에서 벗
어나려 애쓰는 사람도 아니다. 그는 20세기 모든 문학 작품의
서술자가 피나는 노력을 통해 보여주려 애썼던 바를 기록하기
시작한다. 즉 우리는 우리 살가죽 안에 살고 있는 타인, 우리의
이름이 불리면 답하는 그 타인을 잘 알아야 한다는 것이다. 특
히 그 이름을 부르는 사람이 아버지라면. 아들인 내가 처음으
로 숨을 쉰 순간부터 꼭 들러붙어 있었고, 나와 꼭 닮은 듯한
아버지라면.

『기만의 공작』은 남성 작가가 아버지를 심리적 대응 관계
에 있는 존재로 바라볼 때 어떤 글을 쓸 수 있는지 보여주는 좋
은 사례이다. 그리고 작가의 대단한 필력 덕분에, 글의 서두부

---

* 원시 문화의 특성을 탐구하고 이를 현대 문화와 접목하려 했던 20세기 초
반의 예술 사조로, 현대 문명의 우월성을 부정하고 단순하고 자연적인 삶
의 가치를 중시했다. 당시 예술계에 큰 영향을 끼쳤으나 내재한 인종 차별
적 의식과 식민주의에 대한 비판 그리고 아방가르드의 대두로 쇠퇴했다.

터 말하는 자와 말해지는 대상의 친밀한 관계가 상징적으로 잘 드러나 보인다.

공작Duke이라 불리던 아버지는 내게 수완과 예절을 가르쳐 주었다. 사격, 자동차 질주, 품격 있는 독서, 보트 조종, 좋은 재즈 음악과 나쁜 음악의 차이를 가르쳐주었다. …… 아버지 의 원칙은 새로운 것이 아니라, 헤밍웨이가 제시한 예법처럼 엄격했다. 신사는 약속을 지키고, 복잡한 감정에 휘둘리지 않 는다. 신사는 친구를 고르듯 말을 신중하게 고른다. 신사는 자기 행동에 책임지며, 확실하게 행동할 자유를 환영한다. 신 사는 매사에 정확하고 규칙을 엄격히 준수한다. 삶이란 한 사 람의 인격을 완전히 형성하는 사소한 선택들의 합에 지나지 않는다. 신사는 이렇게 하고, 저렇게 하지 않는다. 남자는 이 렇게 하고, 저렇게 하지 않으며, 이런 말을 하고, 저런 말은 하 지 않는다.

하지만 아버지는 잘만 구슬리면 진실한 모습을 드러내기도 했다. 그로턴 스쿨*을 거쳐 예일대에 진학한 아버지는 '해골 단'** 회원으로 지명됐었음을 넌지시 알렸고, 1948년 예일대 풋볼팀의 흑인 주장인 리바이 잭슨이 그 비밀 클럽에서 비슷

---

* 보스턴에 있는 명문 사립 기숙학교.

** 예일대의 비밀 엘리트 사교 클럽.

한 영광을 누렸을 때 기뻐하던 아버지의 모습이 기억난다. 이 국적인 사람들을 흔쾌히 받아들이는 해골단이 자랑스럽다면서 말이다. 하지만 가끔 잭슨의 유대계 기독교인 같은 이름을 발음할 때 움찔하기도 했고, 내가 느끼기에 유대인을 향한 아버지의 아량은 그리 넓지 않은 것 같았다. 그래도 아버지가 심한 편견을 대놓고 드러내는 소리는 한 번도 들은 적이 없다. 나는 아버지에게 여섯 번 정도 맞았는데 맨 처음 맞은 이유는 동네 아이를 기니guinea*라고 불러서였다……

공작은 혈통에 목을 매지는 않았지만, 그렇다고 선조들에 대해 무심한 것도 아니었다. 자신이 어디에서 왔는지, 나를 어떤 길로 보내야 할지 알고 있었다. 가시적인 증거가 있으니, 지금 내가 끼고 있는 묵직한 금 인장 반지다. 사자들과 꽃들과 'nulla vestigium retrorsit'('뒤돌아보지 말라'라는 뜻이라고 들었다)라는 경구가 뒤죽박죽으로 아로새겨져 있다.

1920년대 후반이나 1930년대 초반에 예일대를 졸업한 뒤 아버지는 전국 곳곳을 돌아다니며, 뉴욕에서 동창생들과 함께 상류 사회의 삶을 누리고, 시험 비행 조종사로 하늘을 날고, 해군 소장의 딸인 어머니와 결혼했다. 결혼 이듬해인 1937년에 내가 태어났고, 3년 후 아버지는 영국으로 건너가 영국 공군 소속 미국 지원부대인 독수리 비행대대에서 전투기 조

---

* 이탈리아계 사람을 비하하여 부르는 말.

종사로 복무했다. 나중에는 OSS(미국 전략 정보국)로 옮겼고 …… 노르망디 상륙 작전 직전에 낙하산을 타고 노르망디에 침투했다.

미국 사교가의 멋진 이력이다. 문제는 진실이 아니라는 것이다. 아버지는 협잡꾼이었다. 기숙학교를 전전하며 점점 더 학교 눈 밖에 난 것은 사실이지만, 그중에 그로턴 스쿨은 없었다. 예일대를 다닌 적도 없었다. 해골단이 언급되자 방에서 나가는 아버지를 보고 나는 이 사실을 알았고, 내가 안다는 걸 아버지도 눈치챘다. 군대는 아버지를 받아주지 않았다. 치아가 약하다는 이유로. 그래서 아버지는 이를 뽑고 갈아 끼웠지만, 그래도 공군과 해군과 육군과 해안경비대는 아버지를 받아주지 않았다. 내가 끼고 있는 반지는 아버지가 할리우드의 슈워브 약국에서 두 블록 떨어진 보석상에 주문한 것으로, 아버지는 그 값도 제대로 치르지 않았다. 붉은 봉랍에 찍으면 바로 읽히도록 거꾸로 새겨진 경구는 엉터리 라틴어이며, 사실은 '흔적을 남기지 말라'라는 뜻이지만, 내가 그렇게 알려주자 아버지는 믿지 않았다.

아버지는 유대인이었다. 이 사실이 마음에 들지 않았는지, 아버지는 과거를 숨기고, 처음부터 다시 시작해, 자신을 재창조하려 했다. 아버지가 죽기 직전까지 손에서 놓지 않았던 일은 사기였다. 지금의 내가 보기엔 아버지의 위조된 인생사보다 진짜 인생사가 더 놀랍고 더 흥미롭지만, 아버지의 생각은 달랐다. 아버지는 당신의 현실과 화해하지 않으려 했고, 그래서 주변 환경을 직접 지어냈으며, 이 뻔뻔스러운 계획의 여파에 무심했다. …… 아버지뿐만 아니라 다른 사람들에게도 끔찍한 여파가 있었다.

아서 울프는 1907년 코네티컷주 하트퍼드에서 부유한 중산층 의사의 아들로 태어났다. 마음 따뜻하고 똑똑한 응석받이로 자랐는데, 어느 시점에 끔찍한 일을 겪은 후 세상의 규칙에 따라 살아간다는 **개념** 자체와 영원히 불화하는 남자가 되고 말았다. 자기 힘으로 먹고살아야 한다는 규칙, 최고를 가지려면 대가를 치러야 한다는 세상살이 규칙. 자립에 대한 저항은 인류의 공통된 심리지만—우리는 어른이 되어야 한다는 것을 **심히** 분하게 여긴다—대부분의 사람은 범죄를 저질러 반항하기보다는 어떻게 해서든 세상의 요구를 받아들인다. 아서 울프는 그러지 못했다. 절대 규율을 따르지 않으려는 충동에 정신을 지배당했다. 그는 어떤 신념보다, 누구에게보다 이 충동에 충실했다. 최고를 거저 갖겠다는 욕구는 죽는 날까지 그의 모든 행동을 결정했다.

거짓말로 일자리를 얻고, 차와 옷과 기기 들을 사놓고는 값을 치르지 않고, 돈을 펑펑 써대거나 아니면 빈털터리가 되어버리고, 한밤중에 집이나 호텔이나 머물던 주州를 떠나는 그런 삶이었다. 겁 없고 혈기 왕성한 청년 시절 내내 쓰러지지 않고 멋들어지게 버텨냈다. 따스함과 지성과 수완이 경이롭게 어우러진 천성은 그의 터무니없는 자신감에서 비롯된 광기 어린 용기와 수년 동안 문제없이 조화를 이루었다. 이러한 조합은 **진정한** 가짜 인생을 만들어냈다. 그는 번번이 "그의 빚이나 오만이나 불복종에 넌더리가 난 회사들에 해고당했다. 무능해서 해고당한 적은 한 번도 없었다".

재능, 광적인 갈망, 냉혹한 감정의 어우러짐은 그런 기운 속에서 자라는 소년의 내적 관심을 에로틱하게 끌었고, 이것이 신경계에 주입한 흥분과 불안감은 소년의 인격을 형성했다. 이 복잡한 끌림-반발의 역학이 회고록을 가득 채우며 여기저기 얽혀, 온갖 일화와 사태 변화, 고조되는 기대감과 진절머리 나는 실망을 현실과는 조금 다르게 왜곡하고 있다.

『아버지와 아들』이 그랬듯, 『기만의 공작』의 미덕은 서술자인 아들이 아버지의 감정적 무절제를 바라보는 깊고도 집요한 시선에 있다. 여기에도 심리적 중독—아서 울프의 사기 행각은 필립 고스의 하루 다섯 번 기도만큼이나 어쩔 수 없는 욕구였다—에 시달리는 남성의 영향 아래 자라는 아이의 이야기가 있고, 여기서도 그런 영향력은 과거를 떠올리는 서술자를 이끄는 힘이 된다. 그러나 이 회고록의 비범성은 서술자가 자신의 아버지로부터 헤어나려 몸부림치기보다는 아버지처럼 되어가는 과정을 보여주는 데 있다.

일찌감치 제프리는 인맥 좋은 부자의 외양과 스타일을 흉

내 낸다. 제프리 역시 아주 어릴 때부터 보트, 자동차, 학교, 와인, 옷, 테니스 라켓 등 온갖 것들의 이름을 알고, 허세 부리기 좋아하고, 뭔가를(모든 것을) 거저먹기 좋아한다. 어떤 대가를 치르든 지금, 지금 당장 원하는 것을 손에 넣을 때의 순간적인 충족감만 일편단심으로 뒤쫓은 후 찾아드는 맹렬한 공허감도 느낀다. 그런 일편단심은 으스스하고, 공허감도 마찬가지다.

열 살 때 제프리는 "쓰레기 수거인의 딸 마거릿을 사랑했지만, 그 사랑은 화답받지" 못했다.

마거릿은 키가 크고 지적이며 품위 있고 내성적이었다. ……
나는 마거릿을 우리 집 저녁 식사에 초대해 영원히 이곳에 두는 꿈을 꾸었다. ……
공작은 마거릿 딘에 대한 이야기를 듣더니 좋은 조언을 해주었다. …… 그리고 사랑 문제에 조언을 구하는 모든 이가 그렇듯, 나는 아버지의 조언을 따르지 않았다. 서명 없는 편지들, 그다음엔 사랑을 고백하는 서명된 편지들로 마거릿을 괴롭혔다. 마거릿의 학교생활을 망쳤다. 한번은 마거릿이 점심을 먹으러 가는 길에 나를 스쳐 지나가며 딱 한마디 했다. "제발." 이 말의 의미를 오해한 나는 하루 종일 상기되어 있었다. 그날 밤 나는 전화를 걸었다. 떠듬떠듬 내 이름을 말하자 마거릿은 전화를 끊어버렸다. 나는 마거릿에게 쪽지를 보냈다. '어제 네가 나한테 제발이라고 말했잖아. 사랑해.'

그리고 이번에는 답장이 왔다. '제발 날 내버려 두라는 뜻이었어. 난 네가 싫어.'

…… 5학년 크리스마스에 나는 계획을 하나 짰다. 평소처럼 쇼핑할 돈으로 25달러를 받았다. …… 그해에는 어머니 선물을 안 샀고, 아버지와 동생의 선물도 사지 않았다. 계획대로만 하면 반드시 마거릿 딘을 얻을 수 있을 것 같았다. 내 계획은 하나는 평범하고 다른 하나는 거창한, 선물 두 개에 달려 있었다. 첫째 선물은 사랑하는 이에게 줄 양털 벙어리장갑[2달러짜리]이었다. …… 남은 23달러를 몽땅 털어 [최고급] 화학 실험 세트를 샀다. …… 이건 나나 학교 친구, 혹은 한마디라도 말을 주고받은 누군가를 위한 선물이 아니었다. 제일 잘생기고, 운동을 제일 잘하고, 인기도 제일 많은 최고의 6학년 남학생, 월터 '워키' 딘에게 줄 선물이었다.

크리스마스 전 마지막 등교일, 학급 파티에서 마거릿에게 벙어리장갑을 줬더니, 카드를 읽지도 않고 포장을 풀지도 않고 …… 마거릿은 선물을 쓰레기통에 떨어뜨렸다. 나는 상처받았지만, 놀라지는 않았다. 나는 복도를 건너 그레이브스 선생님의 6학년 교실로 갔다. 화려하게 포장된 묵직한 상자를 월터 딘의 책상에 내려놓으며 말했다. "이거 받아. 난 네 여동생을 좋아해. 개도 날 좋아하게 만들어줘."

크리스마스 날 아침, 날이 채 밝기도 전에 부모님은 제프리에게 선물 상자를 풀게 하고는 지켜보았다. "기괴하긴 했다. 다섯째 선물을 다 풀기도 전에 여섯째 포장을 뜯는 기분이 좋았다." 선물 중에 화학 실험 세트가 있다. 워키 딘에게 줬던 선물을 그대로 돌려받은 것이다. "아버지는 내게 뭔가를 말하려고, 혹은 내 기분을 풀어주려 애썼다. 플렉서블 플라이어 썰매도 받아서, 그날 아침 썰매를 타고 얼어붙은 브래거츠 언덕을 내려가다가 금속 핸들에 혀를 댔더니 들러붙어 버렸다. 혀를 떼어내자 피가 철철 나서 본 글론 선생님 병원에 가야 했다."

몇 년 후 이 사건은 기묘하게 되풀이된다. 초트 사립 고등학교의 불행한 학생 제프리는 필라델피아 출신의 한 소녀를 만나 사랑에 빠진다.

그 아이는 날 한동안 좋아했고, 크리스마스 연휴 동안 월턴에 있는 날 찾아와 하루 종일 있었다. 더 오래 있었으면 싶었지만, 그 아이의 관심은 금방 식어버렸다. …… [그리고 기차역까지 데려다 달라고 했다.]
그날 밤 나는 스무 장 아니 서른 장, 어쩌면 쉰 장짜리 편지를 그 아이에게 썼다. 거짓말에 거짓말을 보태어 …… 곧 사교 시즌이 다가오는데, 나는 보스턴과 뉴욕에서 열리는 사교계 데뷔 축하 파티에 참석하느라 바쁠 거야. 여름도 쉴 틈이 없어. 아버지는 평소처럼 폴로를 하러 나가실 테고 …… 나는 동부 테니스 연맹전에서 뛰겠지. …… 나는 아버지가 구해준

라켓 클럽* 편지지에다 썼다. 크리스마스 양초의 밀랍으로 봉투를 봉한 다음, 공작의 문장紋章을 밀랍에 박아 넣었다.

…… 아버지가 편지를 발견하여 뜯어서 읽었다. 그러고는 내게 가져오지 않고 없앤 다음, 내 방으로 와서 나를 깨웠다. 아버지는 그 편지로 내가 어떤 대가를 치러야 할지 너무나 잘 알고 있었다. 무척 다정하게도 아버지는 편지 내용을 그대로 읊거나 편지 얘기를 들먹이지 않았다. 내가 내 생각보다 더 나은 사람이라고, 지금의 내 모습에 다른 것까지 덧붙일 필요는 없다고 했다. 내게는 따스함이 있다고 했다. 따스함과 활기가 중요하다고. 가끔 그 결실을 보기까지 오랜 시간이 걸리기도 하지만, 어쨌든 결실을 보게 되어 있다고. 내가 누구인지 알고, 본디 모습을 보이며 정직해야 한다고 했다. 그런 말씀이었다, 나는 제대로 알아들었다. 아버지의 말씀을 기분 나쁘게 받아들일 생각은 전혀 없었다. 아버지는 나를 무언가로부터 구해주려, 나를 되돌리려 무진 애쓰고 있었다. 아버지는 언제나 연민과 배려, 관대함, 인내로 나를 대했다.

결국 제프리는 아버지를 더 닮기도 하고 덜 닮기도 한다. 유한한 현실의 힘을 받아들인다는 점에서는 아버지를 닮는

---

* 라켓볼 코트, 테니스 코트, 수영장, 사우나 등을 구비해놓은 개인 소유의 휴양 시설.

다. 노력해서 얻은 것만으로 사는 인생을 견디지 못하는 별난 정서를 버린다는 점에서는 덜 닮는다. 이러한 구별이 간과되거나 소홀히 다루어지지 않고 산문의 결에 잘 묻어 있다는 것이 『기만의 공작』의 빼어난 장점이다.

1907년 에드먼드 고스는 아버지를 떠나야 자신의 정체성을 찾을 수 있다고 생각했다. 그로부터 70년 후 제프리 울프는 자신이 곧 아버지가 되었기에 아버지를 떠날 수 없음을 안다. 스메들리는 20세기의 지혜를 안다. 우리는 대우받는 대로 된다는 것. 자유를 향한 기다림은 불안정하고, 해방되려는 노력은 그 자체로 위태롭다.

에드먼드 고스, 애그니스 스메들리, 제프리 울프의 회고록은 꾸준히 변화해온 개념인 자아의 발현을 기록한다. 하지만 이 개념을 밝혀주는 번뜩이는 통찰을 얻을 수 있었던 건, 그들 자신의 인격을 형성한 경험을 명확히 하려는 고투 덕분이었다. 그리고 그들이 쓴 글의 강점과 아름다움은 이 통찰을 밀어붙여 작가의 주된 원칙으로 만든 집중력에 있다. 이 원칙이야말로 회고록을 한낱 증거가 아닌 문학으로 만드는 힘이다.

◇ ◇ ◇

회고록의 서술자는 항상 각고의 노력으로 경험의 밑바닥까지 파고들며 독자들에게 믿음을 주어야 한다고 했지만, 유난히 복잡한 방식으로 진실을 이야기한 회고록 작가가 둘 있다. 회고록의 역사에서 신경증이 가장 심한 서술자를 둘 꼽으라면 오스카 와일드Oscar Wilde와 토머스 드퀸시Thomas De Quincy일 것이다. 이 한 쌍의 열성적인 고백자들은 밖으로 나오지 **못하는** 자아—윌리엄 제임스William James가 말했듯, '지식과 행동 사이의 기나긴 모순'에 영원히 갇힌 자아—의 부정적인 활동을 기록하는 데 전력을 기울였고, 이 일을 어찌나 훌륭하게 해냈는지 독자들은 타고난 재능을 써먹지 못한다는 것이 대체 뭔지 문장 하나하나에서 생생히 목격할 수 있다.

『심연으로부터De Profundis』에서 말하는 목소리는 정신분석 치료를 받는 현대인의 목소리를 닮았다. 결코 실천하지 않으리라는 걸 정신분석가에게 금방 들키고 말 생각들을 필사적으로, 점점 더 능숙하게(설명을 잘해야 구원받을 수 있을 것처럼) 되뇌는 것이다. 『어느 영국인 아편 중독자의 고백Confessions of an English Opium-Eater』의 목소리는 자신을 똑바로 보지 않으려 애쓰는 한 남자가 자신을 고발하며 쓴 '인생, 실제 인생' 이야기를 들려준다. 두 서술자 모두 말이 너무 많고, '해명할' 괴로운 과거가 있으며, 끊임없이 흔들리는 의지 때문에 지독히 고통받는 남자로서의 정체를 드러낸다. 대개 그런 서술자들은 의혹과 불신만 불러일으킨다. 그런데 여기서는 서술자가 자신은 보지 못하는 것을 우리에게 보여주는 뚝심이 일종의 신뢰성을 확보한다. 서술자는 분명 직접적으로는 아니지만 어쨌든 진실을 말하고 있는 것이다.

드퀸시는 1785년 맨체스터에서 부유하고 평온한 집안에 태어나, 방치되지도 학대받지도 않았다. 사실—그는 잘생기고 매력적이며 지능을 타고난 사람이었으므로—그를 만나는 모든 사람이 그에게 끌렸다. 하지만 외적인 경험이야 어떻든 아주 어린 시절부터 그는 자신이 무가치한 인간이라는 느낌에 계속 시달렸다. 항상 멸시받는 느낌이었고, 곧 버림받을 것만 같았다. 이런 감정은 한순간의 좌절도 견디지 못하는 불안감을 유발했다. 그는 끊임없이 도망 다녔다. 명문 대학 진학이 확실시되는 학교 제일의 수재였던 열일곱 살의 드퀸시는 학교에서 도망쳐 웨일스로, 그다음엔 런던으로 가서 무일푼의 배고픈 노숙자가 되어, 그의 깊은 내적 감정을 선명하게 비춰주는 부랑자들과 함께 거리에서 살았다. 그에게 항상 필요한 것은 구원, 자신으로부터의 구원이었다. 1804년 열여덟 살에 아편을 맛본 순간, 그는 마침내 답을 찾았다. 처음엔 가끔씩 아편에 손을 댔지만, 1812년 무렵에는 일주일에 한 번, 그다음 해에는 매일 아편을 피웠다. 그의 여생은 약물과의 길고도 자기 모욕적인 협상으로 점철되었다.

와일드 역시 부유한 집안에서 태어나 사랑받고 자랐으며, 자신에 대한 불안감에 휩싸였다. 드퀸시라면 감당할 수 없을 정도로 오랜 세월 시달리면서도, 드퀸시보다 훨씬 더 능숙하게 그런 불안을 숨겼다. 하지만 자기혐오는 부정할 수가 없었다. 1895년 마흔 살의 와일드는 유명인이었다. 유명하고, 부유했으며, 국제적인 명성을 누리고 있었다. 그해 와일드는 앨프리드 더글러스Alfred Douglas를 만나 지독한 사랑에 빠졌다. 공공장소에서의 추태, 저속한 유흥, 관음증적인 섹스가 어우러진, 집착적이고 망측한 연애였다. 두 사람은 모든 면에서 맞지 않았지만, 중요한 한 가지만은 통했다. 둘 다 은밀히 품고 있던 자격지심을 서로 건드리며, 상대가 열망하는 파멸의 도구가 되어주었다. 스캔들과 감옥만이 그들을 떼어놓을 수 있었다. 나중에 밝혀진 바에 따르면, 그것도 아니었지만 말이다.

와일드와 드퀸시는 이제 막 자신의 이면을 이야기하려는 남자가 속내를 털어놓는 방식으로 쓴다. **지금** 진실을 말하는 것이 곧 자신이 자유로워지는 길이라는 솔직한 믿음을 곧장 독자에게 설득시킨다. 드퀸시는 이제부터 기록할 모든 고통을 자초했다는 세평 때문에 억울했노라고 말하며 이야기를 시작한다. 처음엔 그저 극심한 위통을 누그러뜨리고자 약물을 사용했다고 해명하려 한다. 그리고 이 통증을 유발한 어린 시절 경험들이 흥미진진하므로 잠깐 되짚어보겠다고, 그러면 왜 그가 이렇게 될 수밖에 없었는지 이해하게 될 거라고 말한다. 와일드가 레딩 교도소에서 지낸 마지막 몇 달 동안 더글러스에게 보낸 아흔 장의 편지『심연으로부터』는 이제 사건을 전체적으로 바라볼 수 있게 되었으니 얼마간은 자신이 초래한 비극의 참혹한 역사를 의미 있게 조망할 수 있다는 믿음이 필요한 남자가 쓴 글이다.

『심연으로부터』는 사건을 진술하고 내적 성찰의 믿음직한 분위기를 조성하는 속도감과 효율성이 놀랍다. 우리는 와일드가 상황을 있는 그대로 보고, 공정한 시각을 유지하며, 통찰과 비난을 나란히 놓고, 자신이 책임질 부분을 인정하려 악착같이 애쓰고 있음을 느낄 수 있다. 첫 장에서 30페이지까지 와일드의 내적 갈등이 매혹적으로 묘사되어 있다.

신들이 조롱하거나 파멸시키는 진짜 바보는 자신을 모르는 사람이야. 난 너무 오랫동안 그런 인간이었어. 당신도 너무 오랫동안 그런 인간이었지. 이젠 그러지 마. 최고의 악덕은 경박함이야. 깨닫는 것은 뭐든 옳은 법이지. ……
…… 체면을 잃고 몰락한 인간이 되어 죄수복을 입고 이 캄캄한 감방에 앉아서 나는 자책하고 있어. 괴로워서 마음이 술렁이고 잠을 설치는 밤에, 고통스럽도록 지루한 낮에 나 자신을 탓하지. …… 지적이지 못한 우정이 …… 내 삶을 완전히 장악하도록 허용했으니.
당신과의 우정이 초래한 처참한 결과를 지금은 이야기하지 않겠어. 우정이 지속되는 동안에는 그것의 속성에 대해서만 생각할 거야. 내게는 지적 퇴락이었지. …… 당신의 관심사는 오로지 당신의 식사와 기분뿐이었어. 당신은 그저 재미만을 욕망했지. …… 내 나약함을 두고두고 탓할 수밖에. 그건 그저 나약함이었어. …… 하지만 예술가의 경우, 상상력을 마비시키는 나약함이라면 범죄와 다를 바 없지. ……

당신은 염치없이 요구하고 고맙다는 말도 없이 받았어. 내게 빌붙어서, 익숙지 않은 호사를 누리는 게 일종의 권리처럼 느껴지기 시작한 거지. …… 당신과 함께했던 경솔한 저녁식사에서 남은 거라곤, 너무 많이 먹고 너무 많이 마셨다는 기억뿐이야. 그리고 내가 당신 요구에 응해준 건 당신에게도 나쁜 영향을 미쳤어. …… 당신을 탐욕스럽고 …… 파렴치하고 무례한 인간으로 만들어버렸으니. ……

사소한 문제에서 당신한테 져주는 거야 아무것도 아니라고, 중대한 순간이 오면 우월하게 타고난 내 의지를 다시 발휘할 수 있으리라고 늘 생각했지. 하지만 그렇지 않더군. 중대한 순간에도 내 의지는 전혀 힘을 쓰지 못했어. 인생에서 중대하거나 사소한 일이란 건 사실 없어. 모든 것이 똑같은 가치와 똑같은 크기를 갖고 있지. 모든 일에서 당신한테 져주는 버릇은 나도 모르는 사이 내 성격의 진짜 일부가 되고 말았어. ……

궁극적으로, 부부 관계든 친구 사이든 함께하는 관계를 묶어주는 것은 대화이고, 대화에는 공통의 토대가 있어야 하는데, 문화적으로 완전히 다른 두 사람 사이에 공통된 토대란 가장 저급한 수준일 수밖에 …… 우린 진창 속에서 만난 거야. ……

내가 나 자신을 망쳤다고, 대단한 사람이든 변변찮은 사람이든 결국엔 제 손으로 파멸을 자초한다고 솔직히 말할 수밖에 없겠군. …… 세상이 아무리 내게 끔찍한 짓을 했다 한들, 내가 나 자신에게 저지른 짓보다 더 끔찍할까. …… 내가 타고난 특별한 재능을 헤프게 써버렸으니. …… 그저 즐거운 곳에서 즐기기만 했지. 평범한 일상의 모든 작은 행위들이 인격을 만들기도 하고 파괴하기도 한다는 것을, 그렇기 때문에 밀실에서 행한 일을 언젠가는 지붕에서 큰 소리로 울부짖어야 한다는 사실을 망각하고서 ……

아주 단순하게, 가식 없이 말할 수 있을 때가 왔으면 좋겠군. 내 인생에 찾아온 두 번의 큰 전환점은 아버지가 나를 옥스퍼드대에 보냈을 때, 그리고 사회가 나를 감옥에 보냈을 때였다고. ……

최고의 악덕은 경박함이야. 깨닫는 것은 뭐든 옳은 법이지. ……

자신의 경험을 부정하는 건 곧 자기 삶의 입술에 거짓을 얹는 거야. 영혼을 부정하는 짓이나 다름없어.

이보다 더 많은 이야기가 담긴 서른 장의 놀랍도록 열정적인 편지에서 와일드는 유창한 언변과 뛰어난 선견지명, 금욕적인 면모를 마음껏 뽐낸다. 모든 것을 보고, 모든 것을 이해하며, 모든 것을 말한다.

그러고 나서 모든 것을 다시 말한다.

그리고 다시 한 번.

이 세 번의 반복 속에 통찰과 비난과 자책이 특정한 순서 없이 넘실거리며 한데 뒤섞인다. 글이 계속 우리를 현혹하는 사이 구조는 허물어진다. 이는 나쁘지 않다. 두세 번 되풀이되는 가운데 어느 것이 먼저 온들 무슨 상관이란 말인가? 서술자는 자기 분석의 황홀경에 빠진 남자, 자기가 아는 바를 결코 실천하지 않을 것이며 따라서 그저 '알기만' 하는 상태로 남을 남자이다.

그럼에도 이 회고록은 부인할 수 없을 정도로 강력하다. 인간의 무능력에 대한 놀라운 묘사는 우리에게 불쾌감보다는 감동을 준다. 와일드의 글은 강박적인 반복의 괴로움을 반영하면서—지성은 흔들리고 미사여구는 무거워진다—고립 상태에서의 통찰이 가져오는 갑갑함을 전력으로 재현한다. 따라서 범위가 좁아질 수밖에 없다. 글 자체가 속박된 삶의 등가물이 된다.

드퀸시는 와일드보다 훨씬 더 솔직한 목소리로 비밀을 털어놓고, 우리는 그가 어쩌다가 이런 사람이 되었는지를 알려주는 놀랍도록 논리적인 소년 시절 이야기에 쉽게 빠져든다. 서술자가 합리화하고 있을지도 모른다는 느낌이 들기도 하지만, 그 결연하고 치열하며 자신만만한 목소리에 곧장 납득당할 수밖에 없다. 그런데, 막힘없이 흐르는 수사 아래로 어쩐지 파멸의 곡조가 울린다. 피할 수 없는 운명의 이야기가 늘 그렇듯. 그래서 회고록이 3분의 1쯤 진행된 지점에서 서술자가 "처음으로 아편을 피운 지 한참 지났다. 이 일이 내 인생의 작은 파편이었다면 그 날짜를 잊었을 것이다. 하지만 중대한 사건은 절대 잊히지 않는다"라고 말할 때, 우리는 한 방 얻어맞은 듯 고통마저 느끼며 우뚝 멈춰 선다. 돌연 이 남자가 에드거 앨런 포의 서술자처럼 보인다. 영혼의 캄캄한 밤으로 가라앉으며, 고상한 사회가 지켜보는 가운데 익사하는 화자. "홀로, 홀로, 홀로." 그는 우리에게 닿지 못하고, 우리는 그에게 닿지 못한다. 그는 그저 자신이 서 있는 고독한 공간에서 소리칠 수밖에 없다.

눈을 끄는 것은 바로 그 고독감이다. 파란만장한 인생—학교 중퇴, 파산, 끊임없는 방랑 생활—을 사는 내내 드퀸시는 놀라우리만치 혼자인 것처럼 보인다. 다른 사람은 단 한 명도 그의 인생에 들어오지 않는다. 다들 해골 같은 꼴로 그늘 속에서 있을 뿐이다. 가족에 관해서는 한마디 언급도 없다. 존재한 적 없는 사람들처럼. 우리는 평생 자기 머릿속에서 홀로 살아온 남자의 이야기를 듣고 있다. 그의 머릿속은 한 명의 벗도 없는 무질서한 곳, 견딜 수 없지만 떠날 수 없는 곳이다. 이 혼돈 속으로 누구를 초대할 수 있겠는가?

잠깐. 희망이 있다. 기댈 곳이 있다. 아편이 있다.

와인이 주는 즐거움은 …… 강렬하다. [아편이 주는 즐거움은] 만성적이다. …… 전자가 화염이라면, 후자는 꾸준하고 변함없이 반짝이는 불빛이다. 하지만 주된 차이점은, 와인이 지능을 교란하는 반면 아편은 정교하기 그지없는 질서와 체계와 조화를 정신에 부여한다는 데 있다. 와인은 인간의 냉정함을 훔쳐가고, 아편은 인간을 훨씬 더 냉정하게 만든다. 와인은 판단력을 뒤흔들고 흐리며, 마시는 사람의 경멸과 동경, 사랑과 증오에 초자연적인 선명함과 생생한 광희狂喜를 더한다. 반면, 아편은 활동적이거나 수동적인 모든 정신 기능에 평온함과 균형을 부여한다. …… 와인은 끊임없이 사람을 부조리와 무절제 직전으로 몰고 가며, 특정한 지점을 지나면 지적 에너지를 증발시키고 흐트러뜨린다. 반대로 아편은 언제나 어지럽혀졌던 것을 정리하고, 흐트러졌던 것을 한 점으로 모으는 듯하다. 간단히 말해 아편쟁이는 …… 자기 본성의 더 훌륭한 부분을 아주 크게 느낀다. 즉 도덕적 애정이 맑은 평온함을 유지한다. 그리고 장엄한 지성의 위대한 빛이 넘쳐흐른다. …… 이것이 아편이라는 문제에 대한 참된 교리이다. 내가 이 교파의 유일한 신도―알파와 오메가―임을 인정하는 바이다.

서술자가 들려주는 이야기에 귀 기울여보자. 그가 아편을 피우는 이유는 책임을 회피하기 위해서가 아니라 더 책임감 있는 사람이 되기 위해서이며, 황홀경에 빠지기 위해서가 아니라 머릿속을 깨끗이 하기 위해서다. 평온한 상태로 깨어서 논리 정연하게 사고하기 위해 아편을 피운다. 그는 제정신으로 버젓한 인생을 살고 싶을 뿐이다. 오로지 그뿐이다.

아편이 안겨주는 환희에 대한 이 묘사를 읽는 순간부터 우리는 드퀸시 자신은 알고 싶어 하지 않는 사실을 알게 된다. 그가 지금 하고 있는 거래는 본질적으로 파우스트적이라는 것이다.* 결국 그는 지금보다 훨씬 더 큰 외로움에 맞닥뜨릴 것이다. 그리고 실제로 그런 일이 벌어진다. 아편이 약속하는 건 고립밖에 없으며, 그에 따른 응보가 기다리고 있다.

오랫동안 공부를 하지 못했다. 책을 읽어도 전혀 즐겁지 않고, 한순간을 견디기가 힘들다. …… 더 기품 있고 더 열정적인 시인들의 시는 지금도 읽고 있다. …… 하지만 나도 알다시피 내 천직은 분석적 이해력을 발휘하는 일이었다. 지금도 분석적 연구는 대부분 이어가고 있다. 띄엄띄엄 혹은 단편적으로 공부해서는 안 되는 분야다. 이를테면 수학, 지적 철학 등은 이제 견딜 수가 없다. 나 혼자 한 시간씩 그것들을 붙잡고 즐겁게 씨름하던 때를 떠올리면 더 괴로워져, 무력감과 아이 같은 나약함으로 꽁무니를 빼버렸다.

---

* 원하는 것을 위해 옳지 못한 일을 하기로 동의하는 것을 파우스트적 거래라고 한다.

결국에는 정치경제학에 대한 마지막 지적 열정을 그러모으고, 이미 글로 적어둔 소견을 발표하고 싶어 하지만, 서문과 헌정사조차 완성하지 못한다.

이제는 꿈들이 그의 밤을 덮쳐온다(『어느 영국인 아편 중독자의 고백』은 멋지고도 끔찍한 꿈 장면으로 유명하다). 그는 탈진 상태에서 헤어나지 못한다. 밤이면 밤마다 잠 속에서 펼쳐지는 놀라운 광경은 발랄하고 아름답다가 기괴하고 견디기 힘든 것으로 변해간다. 연이어 바뀌는 풍광을 배경으로 서서히 물러가던 광경은 마침내 물속에 단단히 박힌다.

이제 물의 성격이 바뀌었다. 거울처럼 반짝이던 반투명한 호수가 이제는 바다와 대양으로 변했다. …… 그때까지 종종 꿈속에서 인간의 얼굴들이 뒤섞이곤 했는데, 억압적이라거나 딱히 고통스럽다는 느낌은 들지 않았다. 하지만 이제 …… 대양의 일렁이는 물 위로 인간의 얼굴이 나타나기 시작했다. 하늘을 올려다보는 무수한 얼굴들로 빼곡히 뒤덮인 바다. 애원하고 분노하고 절망하는 수천 개의, 수만 개의, 수 세대의, 수 세기의 얼굴들이 위로 치밀어 오르고 대양과 함께 굽이쳤다.

프로이트 이후 누가 또 이런 꿈을 꿀까?

드퀸시는 『어느 영국인 아편 중독자의 고백』을 쓰고 30년을 더 살았다. 죽는 날까지 아편을 피웠다. 그의 절망은 자신을 파멸시키려는 욕구에 내몰린 남자의 절망이다. 결코 마음을 추스르지 못할 남자, 요람에서부터 시작된 버림받은 느낌을 강박적으로 거듭 파고드는 남자. 이런 파고듦은 의지의 분열을 초래한다. 응집하고 발현하여 앞으로 나아가기를 원하는 동시에 원하지 않는 의지.

『어느 영국인 아편 중독자의 고백』은 자기 관찰의 훌륭한 기록이다. 『심연으로부터』처럼, 신경증적인 정체停滯 자체를 구현함으로써 강박적 글쓰기라는 비난을 피한다. 내적 유배의 농축물이자 자멸의 정수.

드퀸시의 고독은 자신과 연결될 수 없기에 타인과도 연결될 수 없는 영혼의 고독이다. 이 주제는 다음 세기까지 쭉 이어져, 간접적으로만 아는 것도 말할 줄 아는 작가들이 외로움의 진정한 본질을 근원적으로 인식하고 서술하는 최고의 회고록들이 나왔다.

◇ ◇ ◇

인간은 그가 거하는 우주처럼 혼자다. ……
쓸쓸함의 이야기이다.

로런 아이슬리Loren Eiseley는 뼈와 동물, 태양을 관찰하는 데 40년을 바친 인류학자로, 자신이 발견한 사실에 담긴 은유를 본능적으로 이해할 줄 알았다. 그의 글은 지질 연대, 발굴된 문명, 모든 생명체의 진화적 성질을 광범위하고 시적으로 환기하면서 독특한 초연함을 유지하는 점이 인상적이다. 그의 에세이들에서 아이슬리는 좁은 행로를 헤쳐 나가는 여행자이며, 이 행로는 서서히 넓어져 항상 낙관적이지만은 않은 광범위한 고찰로 이어진다. 하지만 글 뒤에 있는 남자의 시선은 차분하고 열려 있으며 흔들리지 않는다. 시야에 들어오는 모든 것을 집대성하려는 결의로 가득 차 있다. 세상―공룡, 꽃, 불가사리가 있건 없건―에 대해 이야기하는 이 에세이들에서 서술자와 대상이 아주 성공적으로 융합하고 있으므로, 독자들은 작가 자신이 오래전 혼돈으로부터 벗어나 내적 평정 상태에서 글을 쓰고 있다고 타당한 결론을 내릴 것이다.

아이슬리는 1977년 사망하기 직전 완성한 회고록에 바로 그런 에세이들의 어조를 사용하려 했다. 『그 모든 낯선 시간들 All the Strange Hours』이라는 회고록에서 아이슬리는 주인공을 친밀하게 보여주기보다는, 인류학자로서 시종 그랬던 것처럼 고찰의 대상으로 제시하려 했다. 그가 발굴해내는 여느 종들과 다름없이 자기 자신을 취급하려 했다(회고록의 부제도 '어떤 생의 발굴'이다). 독자들이 그를 지금 이 행성에 살고 있는 일종의 원형적 존재로 볼 수 있도록 말이다. 이 회고록이 놀라운 이유는, 의식적 의도가 미치지 않는 곳에서 샘솟은 글이 아이슬리를 방어적 태도로부터 거듭 구해주기 때문이다.

아이슬리는 1907년 네브래스카주에서 태어났다. 아버지는 책을 읽는 품위 있는 남자였고, 손을 대는 일마다 거의 실패로 돌아가는 듯했다. 어머니는 청력을 거의 잃었고 한때는 미인이었으나, 청각 장애와 분노 때문에 목소리가 걸걸하고, 경계심 많고, 비탄에 빠진 인간이 되어버렸다. 부모와 함께 있어도 아이슬리는 외로웠다. 소년의 내면은 자기 앞의 장엄한 공허로, 햇볕 쨍쨍한 네브래스카 평원의 새들과 짐승들, 화석과 줄무늬 진 사막으로 향했다. 이 정적 속에서는 외로움을 느끼지 않았다. 아버지가 세상을 떠난 후 무일푼이 되자 아이슬리는 학교를 그만두고 열아홉 살에 집을 떠나 방랑 생활을 시작했다. "미국 전역에서 사람들은 붕괴한 산업이라는 드넓은 죽은 바다를 해조류처럼 표류하고 있었다." 그들 중에 젊은 로런 아이슬리도 있었다. 대공황은 그에게 잘 맞았다. 화물칸에 몰래 올라타고, 부랑자 수용소에서 살아남고, '실업자들이여, 그냥 지나가시오'라는 게시판을 내건 세상의 잔인함을 견뎌냈다. 이 모든 것으로 인해 그의 믿음은 한층 굳어졌다. "우주에 인간보다 더 외로운 존재는 없다. …… 자연과 소통하는 드물고도 은밀한 순간에만 잠시나마 고독한 운명에서 벗어날 수 있다."

20대 후반, 기나긴 가난과 방랑에서 벗어난 아이슬리는 학교로 돌아가 글재주 좋은 인류학자가 되었고, 대학원으로 진학한 데 이어 교수직과 대학 행정직을 맡았다. 에세이와 시를 여러 편 썼는데, 인간과 동물, 인간과 자연력, 인간과 우주의 관계, 인간이 자신 외의 모든 존재와 맺고 있는 관계를 '발굴'하기 위해서였다. 아이슬리는 늘 혼자라 느꼈다. 결혼도 했고, 친구들과 동료들, 제자들이 주위에 많았지만 그건 중요하지 않다. 그가 사람들 속에서 혼자라고 느꼈다는 사실이 중요하다. 세월이 흐르고 발표하는 책들이 쌓여가면서 그는 인간들이 아닌 우주와 함께할 운명임을 확신하게 되었다. 그것으로 족했다. 회고록을 쓰려고 책상 앞에 앉은 아이슬리는 자신이 그런 점을 잘 알고 받아들였다고 생각했다. 하지만 회고록을 거우 몇 장 넘겼을 때 그처럼 신중한 고찰과는 전혀 어울리지 않는 분위기가 느껴지기 시작한다.

20페이지가 채 지나지 않아 아이슬리는 자신의 어머니를 "피해망상증 환자, 신경증 환자, 불안정한 사람"으로 묘사하더니—현대 회고록 독자에게는 그리 놀라운 용어들도 아니다—갑작스럽게 격한 감정을 분출한다.

어머니를 숭배하는 문화 속에 살고 있으니, 나더러 가혹하고 모질다고 말하는 사람들도 있을 것이다. 그건 틀린 말이다. 모질게 굴어봐야 무슨 소용인가? 늦어도 한참 늦었다. 한 달 전 무척이나 오랜만에 어머니의 무덤 앞에 섰다. …… 우리, 어머니와 나는 이제 서로 다를 바 없는 신세였다. 지난해 울타리 구석에 떨어져 비쩍 말라비틀어진 이파리들 같은 신세.

그저 허무했다. 허무했단 말이다, 이해하겠는가? 그 모든 고통, 그 모든 괴로움. 아무것도 없었다. 우리 둘 다 소멸해가는 인생이 남기는 잔해에 불과했다. 부화장 상자에 버려진 불구의 병아리들처럼, 고작 그런 처지였다. 나는 조금 더 오래 보고 듣겠지만, 무의미했다. 아무런 의미도 없었다.

흠칫할 만한 내용이다. 충격적일 정도로 솔직하다. 솔직하고 적나라하다. "허무했단 말이다, 이해하겠는가?"라는 부분이 그렇다. 바들바들 떨며 단언하는 말에서 우리는 얇은 피부에 여전히 상처가 벌어져 있는 일흔 살의 남자를 느낀다.

몇 페이지 뒤에서 아이슬리는 그의 연구를 존경하는 오든 W. H. Auden과 함께한 저녁 식사를 묘사한다. 식사 자리는 잘 풀리지 않는다. 아이슬리 자신이 인정하듯, 그는 위대한 시인 앞에 있기가 불편하고 왠지 주눅이 든다. 이를 감지한 오든이 경직된 분위기를 풀기 위해 수다를 떨기 시작한다. 자신과 동갑인 아이슬리에게 기억에 남는 최초의 공적인 사건이 뭐냐고 묻고는, 자신의 경우엔 1912년의 타이타닉호 침몰 사건이었다고 짧게 말한다. 아이슬리는 (역시 1912년에) 집 근처에서 일어났던 탈옥 사건을 몽상 어린 이야기로 풀면서, 의식적으로 '시적인' 어조를 사용한다. "죄수는 니트로글리세린으로 문을 날려버렸지요. 그때 난 다섯 살이었어요. …… 우주에서 달아나야 한다는 걸 알 만한 나이였지만, 어디로 도망가야 할지는 몰랐답니다. …… 무장대가 추적했고, 탈옥수는 죽었어요." 이야기는 길고, 과장되며, 오든을 이기려는 욕심이 분명히 엿보인다. 그럼에도 우리는 민망함이 아닌 감동을 느낀다. 이 남자 안의 아린 상처를 이미 보았기 때문이다.

『그 모든 낯선 시간들』은 앞서 인용된 두 단락의 내용을 점점 더 깊숙이 파헤친 결과물이라 할 수 있다. 저마다 다른 의미로 애처로움을 자아내는 단락들인데, 전자는 끝없는 고통을 노골적으로 부인하고, 후자는 감히 입 밖에 낼 수 없는, 고통에 가까운 갈망을 이야기한다. '춤추는 쥐', '두꺼비와 인간', '거대한 말벌들의 도래' 같은 장 제목이 붙어 있지만, 우리는 "허무했단 말이다. 이해하겠는가?"라고 쏘아붙이며 자신의 의도보다 더 많은 것을 드러낸 다음 오든과의 저녁 식사에 얽힌 사연을 들려주는 이 남자에게 매료당한다. 그가 붙들고 씨름하는 경험이야말로 곧 이 회고록이 빚어내고자 하는 이야기이다.

방랑자 시절을 회고하는 대목에서 우리는 사람이 아닌 자연과 공감하고, 자신이 품은 불만의 무게와 여파를 느끼는 남자와 처음 만나게 된다. 아이슬리는 대공황 시대를 더할 나위 없이 훌륭하게 묘사하며, 그 시절 팽배했던 절망적인 적대감을 환기한다. 그것은 사회화된 세계 한복판에서 끊임없이 떠돌던 굶주린, 살인적인 연무와도 같았다.

이 시기의 언젠가 어느 악독한 열차 제동수가 움직이는 열차에서 그를 떨어뜨리려 한다. "그는 내 얼굴을 때리고 나를 밀었다." 아이슬리는 이렇게 쓴다. "백열등 안의 필라멘트처럼 가늘고 뜨거운 선 하나가 내 머릿속에서 흔들리기 시작했다. …… '이놈을 죽여, 이놈을 죽여.' 붉은 선이 눈부시게 번쩍였다. '이놈이 널 죽이려고 하잖아.'"

몇 시간 후 부랑자 수용소에서 그는 왜 얼굴이 퉁퉁 부어올랐느냐는 질문을 받는다. 아이슬리가 설명하자, 질문했던 남자는 (존 스타인벡에게서 힌트를 얻기라도 한 것처럼) 이렇게 말한다. "이건 분명히 하자고. 자본주의자들은 사람들을 패서 한 줄로 세우지. 맞지? 공산주의자들은 사람들을 패서 한 줄로 세우지. 이것도 맞지? …… 사람은 사람을 패. 그냥 그런 거야. 잊지 말라고, 젊은이." 이 대화에 대해 아이슬리는 비꼬듯 한마디 한다. "이름을 알 수 없는 그 남자 덕에 …… 나는 그때부터 폭도나 사회운동과는 일체의 인연도 없이, 고독하고 자유로운 야생의 존재들처럼 자유롭게 살 수 있었다." 하지만 이야기의 진정한 결말은 아이슬리가 자신에 대한 소회를 밝힐 때 찾아온다. 그러니까, 수년간 그가 아는 바를 말하려고 할 때 "내가 의도했던 이야기가 …… 분열된 인격, 즉 살인을 저지르지는 않았지만 뇌 속에 번쩍이는 붉은 선을 품고 다니는 살인자의 비논리적 사고 속에서 길을 잃은 듯한 느낌이 드는" 경우가 많았다는 것이다.

아이슬리는 이 남자―뇌 속에서 여전히 붉은 선이 번쩍이는 문명화된 작가―에 관해 드물게, 간접적으로만 이야기한다. 간접성은 그를 시커먼 물속으로 이끈다.

사람은 자신의 과거를 발견해야 한다. 나는 이 사실을 인정한다. 이것이 나의 직업이었다. 그래야만 우리의 한계를 알고 연민으로 삶을 견뎌낼 수 있다. 하지만, 아무리 자신의 과거라 해도 과거를 건드리면, 이미 다 끝나버려 바꿀 수 없지만 지금의 정신 속에 보이지 않게 살아 있는 모든 것들 주위를 맴돌고 주르르 미끄러지며 우리를 터무니없이 외롭게 만드는 공포가 일어날 때도 있다.

여기서 그는 세계적으로 유명한 발굴 한두 건의 예상치 못한 여파에 대해 이야기하고 있지만, 물론 그가 진정으로 말하고자 하는 바는 이게 아니다. 여기까지만, 이라고 글은 말한다. 더 이상은 안 돼.

이야기가 현재에 가까워질수록 아이슬리가 인간적인 친밀함을 전혀 모른다는 사실이 갑자기 부각되기 시작한다. 어머니의 장례식에서 그는 40년 동안 함께 살아온 아내―그가 지나가는 말로 세 번 언급하면서 이름을 단 한 번 부르는 여인―에게 그들이 제대로 살았노라는 확신을 달라고 어눌하게 애원한다. 아내는 그 부탁을 들어주지만, 아이슬리에게는 아무 소용이 없다. 이제 불안감이 글을 이끌어가는 원동력이 되어 이야기를 우화의 차원으로 끌어올린다. 말하는 고양이, 거대한 말벌,

눈부신 원시의 눈 속에서 벌어지는 신화적 싸움이 등장한다.

　그러다 별안간 냉정을 되찾는다. 어머니가 남기고 간 책가방 속에서, 어린 시절 발굴했다가 잊어버리고 있었던 거대한 뼈를 하나 발견하고 책상에 올려놓는다. 빙하기의 들소 앞다리 뼈. 그는 뼈를 들어 올려 바라보며 사색에 잠기고, 마지막에 털어놓기를 자신이 어떤 갈등을 겪었건 간에 이것만은 안다고 말한다. "나는 분류학상의 정의를 좋아하지 않았다. 그것이 진실이었다. 남자가, 그저 한 존재가 되는 것엔 관심이 없었다."

　가슴으로부터 터져 나온 울부짖음과도 같은 이 문장이 독자들의 가슴을 울린다. 앞선 300페이지 동안 우리와 함께해온 남자는 결국 이 문장 뒤에 숨은 인간의 끔찍함을 '발굴'하려고 용맹하게 싸웠던 것이다. 이제 그는 기진맥진해서 뒤로 물러나며 우리에게 말한다. "아무리 파고들어 가도 그것에 직접 닿을 수 없다." 그리고 우리는 그의 피나는 노력을 알기에 감동한다. 그를 믿음직한 서술자로 만들어주는 것은 바로 그런 노력이다.

　로런 아이슬리는 사는 동안 거의 매일 아침 눈을 뜰 때마다 몸을 마비시킬 듯한 아득한 우울증에 빠졌던 사람이다. 그리고—누구나 그렇듯—자신의 무력함을 보편적 진리('쓸쓸함의 이야기')로 이해하려 했다. 그래도 매일 아침 침대에서 휙 나온 다음 방을 가로질러 가서 책상에 앉아 일하기 시작했다. 이런 행위만으로도 흔들리지 않고 자기 극화에 저항할 수 있었다.

아이슬리는 자신의 고독을 미화하고 실존 자체를 외로움의 구현으로 정의하고 **싶어** 하지만, 내면 어딘가에서는 자기 자신이 그 외로움을 만들어냈음을 알고 있다. 그는 이 사실을 똑바로 마주하지 못한다. 이 회고록에서, 무엇에든 정확히 이름 붙이려는 직업적 습관은 그가 인정하기 어려운 사실을 시적으로 표현하려는 욕구와 맞붙어 싸운다. 이 싸움이 그의 페르소나를 특징짓고, 서술자의 독특한 목소리는 『그 모든 낯선 시간들』에 진실성과 깊은 인상을 더한다.

◇ ◇ ◇

아이슬리의 회고록은 지난 100년 동안 서서히 커져온, 인간 고독에 대한 집착을 상징적으로 보여준다. 이 집착에 따른 문제가 회고록 쓰기로 이어졌다. 모더니즘 소설에서 1인칭 서술자를 통해 그런 집착이 수면 위로 떠오르면 독자는 목소리―"난 혼자다. 늘 혼자였다. 나는 외로운 사람이다"―의 노골적인 계략을 즉시 감지하고, 이내 목소리의 진정성을 받아들인다. 이런 목소리는 우리에게 아주 친숙하다. 도스토옙스키부터 베케트*에 이르기까지, 그것은 진실을 이야기하는 소설

---

* 사뮈엘 베케트Samuel Beckett. 아일랜드 태생의 프랑스 소설가이자 극작가이다. 희곡 『고도를 기다리며』로 명성을 얻었다.

의 위력을 통해 세기의 메시지를 전달한다.

물론 논픽션에서는 그런 계략이 용납되지 않는다. 그랬다가는 서술자가 불쾌하고, 고지식하며, 바보같이 호들갑을 떠는 인간으로 느껴질 것이다. 회고록에서 "또 혼자다" 식의 자기 연민은 절대 통하지 않는다. 오히려 정반대 전략이 필요하다. 자아의 고독이 진정한 주제라면, 자신을 훨씬 넘어선 주제를 필터로 삼아서 말할 때 일반적으로 더 좋은 회고록이 나온다. 그러지 않으면 수사적이거나 추상적인 글로 끝나버릴 수도 있다는 사실을 어렵게 터득함으로써 얻어낸 해결책이다. 그런 회고록들은 문학적 저널리스트들이 사용하는 것과 비슷한 서술적 페르소나를 통해 특정 태도를 취한다. "나는 어느 세계 기업에 관해 보고하고 있을 뿐이다. 나 자신에 관한 이야기가 아니다." 사실 '나 자신'이야말로 회고록이 전하려는 이야기인데 말이다.

50년 남짓한 세월에 걸쳐 쓰인 세 편의 뛰어난 회고록은 이런 골치 아픈 문제에 대처하는 상당히 실용적인 접근법을 보여준다. 베릴 마컴Beryl Markham의 『이 밤과 서쪽으로West with the Night』(1942), 마르그리트 뒤라스Marguerite Duras의 『연인 L'Amant』(1984), 그리고 제발트Winfried Georg Sebald의 『토성의 고리 Die Ringe des Saturn』(1995)이다. 첫 작품은 아프리카를, 둘째 작품은 성애의 시작을, 셋째 작품은 영국 동해안을 도보 여행한 경험을 추억한다. 비밀을 털어놓는 페르소나가 등장하지 않는 이 글들에서 가장 중요한 것은 어조이다. 첫 작품은 기품 있는 고립감에 근거해 있고, 둘째 작품은 아노미에 빠져 있으며, 셋째 작품은 종교적 평온을 성취한다. 상관없다. 세 작품의 가장 큰 특징은 고독에 대한 불안을 너무도 농밀하고 독특하게 표현해낸 것으로, 이 **불안 자체**가 곧 작가들의 페르소나가 된다.

마컴은 네 살이던 1906년에 아버지를 따라 케냐로 갔다. 아버지는 아프리카에 사는 영국인들 가운데 마운트배튼 경보다는 T. E. 로런스 같은 부류에 속하는 사람이었다.* 지적이고 열정적이며 몸 쓰는 일을 두려워하지 않는 그들은 천재적이라 할 만큼 능숙하게 말을 타고 사냥을 했으며, 대개는 아프리카를 신비의 땅으로 여겼다. 하지만 그들이 속한 계급과 인종의 편견을 버리지 못했고—원주민과 같은 생활을 하면서도 반제국주의자가 되는 경우는 드물었다—아프리카가 그들의 감각을 해방해주었건만 인간관계의 가치를 이해하지 못했다. 이들 중 대부분은 몰인정하도록 미숙하고, 야생적인 모험에만 전념하는 거친 인간들로 남았다. 그들은 아프리카가 그들 최고의 모습을 끌어내주었기에 아프리카를 사랑했으며, 아프리카에 대한 사랑은 그들의 최대 장점이 된다. 마컴의 경우엔 확실히

---

* 마운트배튼 경은 영국의 귀족·군인·정치가인 루이스 마운트배튼Louis Mountbatten 백작이며, T. E. 로런스Thomas Edward Lawrence는 '아라비아의 로런스'로 잘 알려진 영국 웨일스의 모험가·고고학자·군인이다.

그랬다. 마컴은 우리에게 이렇게 말한다.

아프리카는 내 어린 시절의 숨결이자 삶이었다. 그 땅은 여전히 내 가장 어두운 공포의 숙주이자, 언제나 흥미롭지만 한 번도 완전히 풀어본 적 없는 수수께끼들의 요람이다. …… 바다처럼 무자비하고, 그곳의 사막들처럼 타협을 모르며 …… 가혹함과 베풂에 절제가 없다. 모든 인종에게 많은 것을 주면서, 아무것도 양보하지 않는다. …… 하지만 아프리카의 영혼, 온전함, 느리면서도 거침없는 삶의 맥동은 고유하며 이리듬이 너무도 독특하기에, 어릴 적부터 그 규칙적이고 끝없는 박자에 물들지 않은 이방인이라면 제대로 체험할 수가 없다. 음악도 스텝의 의미도 모른 채 마사이족의 출전出戰 무용을 구경하는 사람 정도밖에 되지 못하는 것이다.

이렇게 말하며 마컴은 아프리카에 대한 생생한 기억─짐승들, 원주민들, 땅 자체─속으로 온전히 들어간다. 거만하거나 팔팔하거나 우울해 보이는 말이나 개, 혹은 꾀를 내 사자를 이겨먹는 원주민 사냥꾼, 혹은 10만 마리의 플라밍고들이 가볍게 내려앉는 화산호를 마컴이 묘사할 때면 이런 환경에 완벽하게 들어맞는 그의 기질이 엿보이고, 글이 시작되자마자 우리는 작가가 '아프리카'를 이용해 글의 표면 아래로 깊숙이 파고들어 가리라 알아챈다.

동물을 잘 다루던 마컴의 아버지는 그 재능을 딸에게 물려주었다. 강단 있고 발 빠르고 자유분방한 아이는 언제나 사람들보다 말들을 벗 삼았다. 말들, 그리고 후에는 비행기와 위험한 도전을. 1930년에 비행을 배운 마컴은 1931년부터 1935년까지 아프리카의 삼림지대를 비행하면서 우편물과 승객들을 실어 나르고, 백인 사냥꾼들(이들 중에는 이자크 디네센Isak Dinesen*의 남자들인 브로르 블릭센과 데니스 핀치 해턴도 있었다)을 위해 코끼리를 찾아주었다. 1936년에는 런던에서 노바스코샤까지 단독 비행으로 대서양을 건넌 최초의 인물이 되었다. 1940년대에는 런던과 캘리포니아에서 유명 인사의 삶을 누렸다. 1950년대에는 고향으로 돌아가 말 조련사로 대활약을 하며 그 후 10~15년 동안 수많은 더비** 우승마들을 훈련시켰다. 세 번 결혼하고 세 번 이혼했다. 사람이 아닌 동물과 역동적인 관계를 맺을 수 있는 유일한 곳 아프리카로 돌아가, 1986년 나이로비에서 생을 마감했다. 동물과 비행기. 지상 어디에도 마음붙일 곳을 찾지 못해 위험한 모험을 찾아 나서는 이 차갑고 아름다운 여성에게 꼭 필요한 두 가지다. 여기서 마컴은 그가 사랑하게 될 종마 한 마리가 영국에서 실려 오던 날을 묘사하고 있다.

---

* 덴마크 작가 카렌 블릭센Karen Blixen의 필명. 남편인 브로르와 영국인 연인 데니스와의 사연, 그리고 아프리카 대륙과 그곳 사람들의 이야기를 담은 자전적 소설 『아웃 오브 아프리카』로 유명하다.

** 영국 서리주의 엡섬 다운스 경마장에서 매년 6월에 열리는 경마 대회.

녀석은 이른 아침에 도착해서 유배당한 왕족처럼 느린 걸음으로 시끌벅적한 작은 기차의 경사로를 내려왔다. 자기를 끌고 가는 사람들의 머리 위로 고개를 쳐들고, 고지의 희박한 공기와 생경한 땅의 냄새를 맡았다. 녀석은 모르는 냄새였다. 녀석의 이마에는 흰 별무늬가 있었다. 콧구멍은 큼직하고, 중국 용의 옻칠한 콧구멍처럼 진홍빛이었다. 키가 훌쩍 크고, 몸통이 굵고 가슴은 늘씬했으며, 튼튼한 다리는 대리석처럼 깨끗했다. 녀석은 적갈색이 아니었다. 갈색도 구릿빛도 아니었다. 녀석은 낯선 곳을 배경으로 머뭇머뭇 서 있었다. 햇빛에 감싸여 붉은 기 도는 금색으로 빛나는, 다리가 긴 밤색 종마.

녀석은 다시 자유가 찾아왔음을 알았다. 이제는 어두컴컴하고 무시무시하게 흔들리는 배에서 다리를 혹사당하고 너무 바싹 붙은 벽들에 부딪혀 몸이 멍들 일도 없음을 알았다.

녀석의 머리에는 똑같은 자리에 가죽 굴레가 씌워져 있고, 따라가야 한다고 배웠던 기다란 줄들이, 입안에 든 물어뜯을 수 없는 물건에 매달려 있었다. 하지만 녀석에게는 익숙한 것들이었다. 녀석은 숨을 쉴 수 있었고, 발굽 아래 대지의 약동을 느낄 수 있었다. 녀석은 몸을 떨 수 있었고, 여기선 거리감이라는 것이 있으며 자기에게 맞는 널따란 땅이 있다는 걸 알았다. 콧구멍을 열고 아프리카의 열기와 공허의 냄새를 맡아 폐를 가득 채운 다음, 낮게 오르락내리락하는 웅얼거림으로 공기를 다시 훅 토해냈다.

그리고 이제 마컴은 비행기에 타고 있다.

어둠 속의 비행이 끝날 즈음엔 궁극의 최후가 찾아드는 기분이 든다. 세상과 완전히 분리된 채 굉음 속에서 몇 시간 동안 통렬히 살아냈던 체계가 통째로 느닷없이 중단되어버린다. 기수가 땅을 향해 기울고, 날개는 더 단단한 공기층의 압력을 받고, 바퀴가 땅에 닿고, 엔진은 한숨을 토한 뒤 조용해진다. 자라나는 풀과 소용돌이치는 먼지, 사람들의 느리고 무거운 발걸음, 악착스레 땅에 뿌리내린 나무들 같은 평범한 현실 앞에 비행의 꿈은 갑자기 사라진다. 자유는 또다시 달아나버리고, 조금 전만 해도 독수리 못지않게 잽쌌던 날개는 기력을 잃고 둔해져 다시 금속과 나무로 전락하고 만다. ……

나는 조종석에서 나와 춤추는 불길 앞으로 다가오는 흐릿한 형체들을 지켜보았다. …… 어디선가 오래된 자동차 엔진이 돌아가기 시작하자, 낡아빠진 피스톤과 베어링에서 쿵쿵거리는 북소리가 났다. 빈터를 둘러싼 가시나무와 야생 세이지 사이로 뜨거운 밤바람이 힘차게 불었다. 이 바람에는 습지의 악취, 빅토리아 호수의 냄새, 잡초와 후덥지근한 평원과 복잡하게 뒤엉킨 덤불의 숨결이 배어 있었다. 바람은 활활 타오르는 불길을 때려대고, [비행기의] 표면을 할퀴었다. 하지만 이 바람 속에는 외로움이 있었다. 비가 내릴 거라는 다정한 약속도 해주지 않고 그저 무익한 임무를 수행하며 지나가듯, 아무런 목적 없는 바람이었다.

이 단락들은 전체 서사를 관통하는 내적 고립감을 감동적으로 환기하는데, 말과의 진솔한 교감 때문에, 그리고 세상 변두리에 아주 어정쩡하게 서 있는 마컴이 남들의 평가로부터 벗어나 누리는 자유 때문에 감동은 훨씬 더 커진다. 비행기를 타고 하늘 높이 올라가 있을 때 서술자는 소외감에서 해방되고, 땅으로 내려오면서 다시 생경한 상황으로 내던져진다. 그래도 땅에 발을 디디고, 세상을 경멸하지 않는다. 외롭고 목적 없는 세상을 연민한다. 고결한 초연함이다.

이 모두를 한데 묶어주는 목소리는 계급적 관습을 중시하는 동시에 의외의 기질도 보여준다. 한편으로는, 예의를 중시하고(고해는 꿈도 꾸지 않으리라), 삶의 상처를 묵묵히 견뎌내기를 요구하는 행동 규범을 지키며, 모험 추구를 용맹의 시험대로 여긴다. 하지만 이 편협성은 이례적일 정도로 유연해서, 표면 아래에는 감성적 지성이 착착 쌓여가고 있다. 이 지성은 점점 더 사유의 깊이를 더해가며, 철저한 자기방어 욕구 밑에 숨어 있는 것을 너그러이 이해하기 위해 꾸준히 앞으로 나아간다.

일생의 막바지에 이르면 자기 자신보다 남들에 대해 더 많이 알게 될 수도 있다. 우리는 다른 사람을 지켜보는 법은 터득하지만, 외로움에 맞서 싸우느라 정작 자기 자신은 지켜보지 않는다. 책을 읽거나 카드를 섞거나 개를 돌보며 자신을 회피한다. 외로움에 대한 혐오는 삶의 욕구만큼 자연스럽다. 그게 아니라면 인간은 굳이 문자를 만들지도, 한갓 짐승의 소리에서 단어를 빚어내지도, 그저 남들이 어떻게 생겼는지 보려고 대륙을 횡단하지도 않았을 것이다.

하루 밤낮이라는 짧은 시간이라도 비행기에 혼자 있으면 지독하게 외롭다. 어둑한 공간에서 관찰할 만한 거라곤 계기들과 내 두 손뿐이고, 생각할 거리라곤 내 빈약한 용기의 크기뿐이며, 궁금해지는 것은 어떤 믿음과 얼굴들, 그리고 내 마음속에 뿌리내린 희망뿐이다. 이런 경험은 밤에 낯선 사람이 내 곁에서 걷고 있음을 처음 알아차렸을 때만큼이나 놀랍다. 그 낯선 사람은 바로 나다.

마침내 우리는 이 글에 '외로움'이라는 단어가 얼마나 자주 등장하는지, 이 단어를 사용하고 있는 이가 어떤 사람인지 알아차린다. 자신을 외롭게 만드는 차가움을 마주하고 싶어 하면서도 자신이 그러지 않으리란 사실을 아는 이 여성은 '아프리카'에서 멋진 도피처를 찾는다. 서술자의 목소리를 농밀하게 만드는 요소는 반쯤은 은밀한 자기 인식이다. 바로 그 농밀함 덕분에 『이 밤과 서쪽으로』의 서술은 더욱더 아름다워진다. 책에 묘사된 아프리카는 우리의 아프리카가 된다. 우리는 왜 열기가 활력이 되고, 공허가 자양분이 되는지 알고 있다.

헤밍웨이는 마컴을 잘 알았지만—마컴이 헤밍웨이를 위해 코끼리를 수색해주었다—『이 밤과 서쪽으로』를 읽고 감탄을 금치 못했다. 어딜 가나 찬사를 늘어놓았다. 이 글 속에서 진정한 목소리—어쩌면 자신의 목소리보다 더 진정한 목소리—를 알아채고, 차가움을 담은 이 작품이 오랜 세월 뜨거운 문학적 칭송을 누리는 찬란한 미래를 예감했다.

◇ ◇ ◇

> 열다섯 살의 내 얼굴에는 관능이 어려 있었지만,
> 사실 관능에 대해서는 아무것도 몰랐다. ……
> [하지만] 내게는 모든 것이 그런 식으로 시작되었다.
> 세상 경험을 하기도 전에 얼굴은 뻔뻔스럽고
> 지쳐 있었으며, 눈가에는 거무죽죽한 그늘이 져 있었다.

뒤라스의 아프리카는 욕망이었다. 뒤라스는 사람이 살지 않는 이 욕망이라는 나라에서 오래도록 지내며 자신에 대한 중요한 사실을, 아니 자신의 본질을 터득했다.

『연인』은 뒤라스의 초년 시절 중 1년 반의 기간에 집중하여, 성애의 첫 경험에 초점을 맞춘다. 욕망이라는 주제와 연상적 산문에 평생 헌신해온 뒤라스가 일흔의 나이에 모더니즘 양식으로 서술한 짧고 농밀한 작품이다.

때는 1932년, 장소는 인도차이나. 열다섯 살 반의 프랑스 소녀가 자신의 집이 있는 교외에서 사이공 시내로 가기 위해 메콩강을 건너는 배의 갑판에 서 있다. 강은 거칠고 아름다우며, 햇빛은 탁하지만 눈부시다. 소녀는 실크 원피스에 소년용 가죽 벨트를 매고, 금색 라메* 하이힐을 신고, 널찍한 검은 리본이 달린 갈색빛 감도는 분홍색 중절모를 쓰고 있다. 소녀 뒤에는 기사가 운전대를 잡고 있는 리무진 한 대가 서 있다. 리무진 뒷자리에 앉은 마른 몸의 우아한 중국인 남자가 소녀를 지켜보고 있다. 그가 차에서 내려 소녀에게 다가와 말을 걸더니, 바르르 떨리는 손으로 담배에 불을 붙이며, 소녀가 가는 곳까지 태워다주겠다고 제안한다. 소녀는 곧장 제안을 받아들이고 차에 올라탄다. 남자는 소녀에게, 어린 여자의 마르고 흰 몸에 미친 듯이 빠져들 것이다. 소녀는 남자의 욕정만큼이나, 아니 더 열렬히 자신의 민감한 반응에 몰두할 것이다. 이렇게 시작되는 정사는 소녀에게 돌이킬 수 없는 영향을 미친다. 소녀가 열일곱 살에 프랑스로 보내지면서 정사는 끝나고, 그때의 얼굴을 소녀는 평생토록 간직한다.

소녀가 알게 되는 사실은, 자신이 욕망의 촉매제일 뿐만 아니라 자기 스스로 일깨운 욕망에 흥분할 수 있다는 것이다. 이것은 재능이다. 이 재능을 기반 삼아 인생을 계획해도 될 터다.

* 금실과 은실을 섞어 짠 천.

불쾌하면서도 즐거운 생각이지만, 실제 소녀의 상황이 그렇다. 즐겁다고 하기까지는 뭣하지만, 확실히 불쾌하다.

하급 공무원인 소녀의 아버지는 1920년대에 인도차이나로 왔다. 아버지가 세상을 떠난 후 가족은 근근이 생활을 이어나가고 있다. 어머니는 우울증에 빠졌고, 작은오빠는 머리가 둔하며, 큰오빠는 지독한 불량배다. 어머니는 흉악무도한 큰오빠를 사랑하고, 서술자는 작은오빠를 사랑한다. 작은오빠를 위해 소녀는 불량배와 싸운다. 소녀와 큰오빠는 잘 어울리는 한 쌍이다. 둘 모두 열망이 강하고 속내를 터놓지 않는다. 배를 탄 소녀의 이미지와 집의 분위기를 보여주는 이미지 사이를 오가는 글 속에서 독자들은 큰오빠의 공격성이 서술자가 자기 안에서 발견하는 욕망에 대한 재능과 맞먹는다는 사실을 알아차린다. 맞먹었다가 추월당한다.

소녀는 훨씬 더 무자비하다. 중국인 연인이 소녀가 어떤 남자에게도 충실하지 않을 거라고 말하자 소녀는 허투루 듣지 않는다. 그리고 그의 말이 맞다는 사실을 안다. 앞으로 소녀 자신을 지탱해주는 것은 어떤 인간이 아니라, 욕망을 불러일으키는 힘이라는 사실을 이미 알고 있다. 소녀가 만들어내기도 하고 연인과 나누기도 하는 열기 밑에서 차갑고 불가사의한 초연함이 단단히 굳어져간다. 욕망이야말로 자신이 가진 비장의 무기임을 소녀는 알고 있다. 이 안에서는 인간관계의 본질을 깊이 이해할 수 있다. 이 이해는 소녀의 힘이자 갑옷, 복수,

탈출구가 될 것이다. 중국인 연인과 함께한 1년 반의 시간은 그러한 사실을 깨달아가는 시련의 장과도 같다. 뒤라스는 바로 이 이야기를 우리에게 전하고자 한다.

어떻게? 그 자체로 서사적 해체인 목소리를 통해 적절히 완성된 서사적 해체의 글로.

아주 어릴 적부터 내 삶은 너무 늦어버렸다. …… 나는 열여덟 살에 이미 늙었다. ……

그래서, 나는 열다섯 살 반이다.

메콩강을 건너는 배에 타고 있다.

강을 건너는 내내 그 이미지는 지속된다.

나는 열다섯 살 반이고, 그 나라에는 계절이 없다. 오로지 무덥고 단조로운 한 철이 있을 뿐이다. 우리는 봄도 없고, 새로운 시작도 없는 지구의 기다랗고 뜨거운 지대에 살고 있다.

단락마다 거듭 엮여 들어가 작품을 장악하는 이미지는 배 갑판 위의 장면이다. 서술자에게 중요한 모든 것이 이 순간에 모여 있다. 다 아는 척 창녀처럼 옷을 입은 처녀, 섹스와 돈을 제안하는 매혹적인 외국인, 의도를 반영하는 탁한 빛.

일흔 살의 뒤라스가 파리에서 타자기 앞에 앉아 담배를 물고 연기와 산만한 정신 때문에 눈을 가늘게 뜬 채, 머릿속에 떠오르는 자신의 모습을 응시하고 있다. 분홍색 중절모를 쓰고 금색 라메 구두를 신고 있는 자신과, 뒤에서 침대만 한 리무진에 타고 있는 연약하고 관능적인 연인. 그와 흰색 면직 제복을 입은 운전기사 사이에 유리창이 끼워져 있다. 뒤라스는 기억에 기댄다. 응시한다. 집중한다. 뒤라스가 찾고 있는 것은, 결국에 분명히 하려는 것은 뭘까?

내 어린 시절에 관해 쓴 글들에서 내가 뭘 빼먹고 뭘 말했는지 갑자기 기억나지 않는다. 우리가 어머니를 사랑했다고 썼던 것 같기는 한데, 우리가 어머니에게 품었던 증오에 대해서도 썼는지 모르겠다. 우리가 서로를 사랑하고 끔찍이 증오했던 이야기. 사랑 때문이든 증오 때문이든 우리에게 벌어졌던 파멸과 죽음의 흔하디흔한 가족사. 이 이야기는 아무리 노력해도 여전히 이해할 수 없고, 여전히 내 손이 닿지 않는 곳에, 내 육체의 가장 깊숙한 곳에, 갓난아이처럼 눈이 먼 채로 숨어 있다. 그런 영역의 가장자리에서 침묵이 시작된다. 그곳에서 생겨나는 것은 침묵, 내 평생에 걸친 느릿한 고통이다. 나는 여전히 그곳에서, 그때처럼 수수께끼로부터 멀찍이 떨어진 채 악령 들린 아이들을 지켜보고 있다. 나는 글을 쓴다고 생각하면서도 한 번도 글을 쓰지 않았으며, 사랑한다고 생각하면서도 한 번도 사랑하지 않았다. 그저 닫힌 문 앞에서 기다리고만 있었다.

『연인』에서 침묵은 압도적이다. 소녀와 어머니, 어머니와 아이들, 형제와 소녀, 소녀와 연인, 이들 사이의 침묵. 이 작품은 침묵에 푹 빠져 있다. 뒤라스는 침묵에 푹 빠져 있다. 작가 내면의 욕망을 위한 공간―이 회고록에서 뒤라스가 온전히 들어가는 공간―은 그 침묵을 떨쳐버리지 않는다. 오히려 뒤라스와 중국인 연인은 함께 누워 침묵을 들이마신다. 우리 모두에게 친숙한 침묵이다. 감정을 표현하지 못하는 데 따르는 침묵. 누구나 견디기 힘든 그런 공백에는 진정제가 필요하다. 뒤라스의 경우엔 역설적이게도 욕망―순수하며, 형태가 자유롭고 다양한 욕망―이 최선의 치유제로 남는다.

엘렌 라고넬의 몸은 …… 순결하고 …… 피부는 어떤 과일 껍질처럼 보드라워서 …… 살인 욕구를 불러일으킨다. …… 밀가루처럼 하얀 몸을 아무 생각 없이 품고 다니며, 손으로 만져보고 입으로 먹어보라 내놓는다. 내가 매일 밤 신을 더 잘 알기 위해 찾아가는 중국인 거리의 그 방에서 그가 내 가슴을 먹듯, 나도 엘렌 라고넬의 가슴을 먹고 싶다. 엘렌 라고넬의 밀가루처럼 흰 가슴을 집어삼키고, 가슴에 삼켜지고 싶다.
나는 엘렌 라고넬을 향한 욕망에 너덜너덜해진다.
욕망에 지쳐 너덜너덜해진다.
매일 밤 내가 눈을 질끈 감은 채 쾌락에 젖어 비명을 질러대는 곳으로 엘렌 라고넬을 데려가고 싶다. 내게 그렇게 해주는 남자에게 엘렌 라고넬을 주고 싶다. 그가 엘렌 라고넬에게도 그렇게 해줄 수 있도록. 내 앞에서 그렇게 해줬으면 좋겠다. …… 내가 내 몸을 맡기는 곳에서 엘렌 라고넬도 자기 몸을 내맡겼으면 좋겠다. 궁극의 쾌락이 엘렌 라고넬의 몸을 통해 그에게서 내게로 전해질 것이다.

죽을 것만 같은 쾌락이.

그래도 감정 표현의 지독한 부재—특히 집에서—는 서술자를 좀먹는다. 어떻게 해도 거기에서 달아날 수가 없다.

안녕, 잘 자, 새해 복 많이 받아. 이런 말은 없다. 고맙다는 인사도 없다. 아무 말도 없다. 말할 필요를 전혀 느끼지 않는다. 모두가 언제나 말없이, 멀찍이 거리를 두고 있다. 너무 딱딱하게 굳어버려 뚫고 들어갈 수 없는 돌 같은 가족이다. 날마다 우리는 서로를 죽이려, 없애려 시도한다. 우리는 서로 말을 걸지 않을뿐더러 서로 쳐다보지도 않는다. 누가 나를 쳐다봐도 나는 그를 쳐다볼 수 없다. 쳐다본다는 것은 호기심을 느끼고 흥미가 동한다는 뜻이고, 따라서 나를 낮추는 짓이다. 쳐다볼 가치가 있는 사람은 없다. 누군가를 쳐다보는 건 항상 굴욕적인 행위이다. 대화라는 단어는 추방된다. 대화야말로 수치심과 오만함을 가장 잘 전달하는 것이 아닐까. 가족이든 아니든 모든 종류의 공동체는 우리에게 혐오스럽고 모멸스럽다. 우리는 살아야 한다는 데서 기인한 근원적 수치심으로 하나가 된다.

이제 우리는 이 짧지만 위력적인 회고록의 산문을 빚어내는 요소에 도달했다. 욕망이라는 마약에는 인간관계를 갈구하는 데 대한 수치심이 뒤섞여 있다는 뒤라스의 당혹스러운 주장. 이런 수치심에서 아노미, 즉 영혼의 질병이 시작된다. 이 책을 쓰고 있는 여성은 그런 인식에 사로잡혀 있다. 이것이 항상 그의 관심을 붙들어놓고 절대 떠나지 않으면서 한 단락의 공간도 건너뛰지 않는다. 그러다 마침내는 『연인』의 진정한 주제, 진정한 주인공이 되어버린다.

뒤라스는 이 소재를 허구적으로 추상화하는 작업을 30년간 이어갔다. 욕망에 헌신한 삶은 그가 1932년 사이공의 중국인 거리에 있던 문 닫힌 방에서 배운 사실을 입증해줄 뿐이었다. 그는 혼자라는 것, 언제나 혼자라는 것, 외로운 사람이라는 것, 죽을 것만 같은 쾌락을 추구할 때 가장 외롭다는 것. 하지만 자기 안의 서술자를 발견한 뒤에야―도덕관념이라고는 전혀 없이 아노미를 살아 숨 쉬는 실체로 품고 있는 마약쟁이의 목소리를 통해―자신이 아는 바를 명료하고 단순하게 말할 수 있었다.

◇ ◇ ◇

젊은 시절 월리스 스티븐스*는 불신의 시대에 믿으려는 의지를 고수하면 고립감과 자발성을 자유롭게 느낄 수 있다며 그런 상황을 환영했다. 말년에 이르지 그 자유는 입안에 든 철과도 같았다. 실제로 스티븐스는 이를 '철의 고독'이라 불렀다. W. G. 제발트의 작품과 기질에 꼭 들어맞는 표현이다.

제발트는 30년간 영국에서 살아온 50대 독일인이다.** 그가 쓰는 논픽션은 소설에 어울릴 법한 함축성을 지닌 서사 때문에 장르를 분류할 수 없는 작품으로 여겨지곤 한다. 내게 제발트는 두말할 필요 없이 회고록 작가다. 작품에 생명력을 부여하는 목소리는 분명 작가 자신의 목소리이며, 목소리의 주인인 서술자는 꼭 자신의 이야기가 아니더라도, 우리가 간단히 세상이라 부르는 곳에서 자신을 비롯한 많은 이들이 처한 상황을 이해하려고 글을 쓴다. 『토성의 고리』가 좋은 사례이다.

"1992년 8월," 책은 이렇게 시작한다.

---

*　Wallace Stevens. 미국의 모더니즘 시인이자 변호사. 『하모니엄』, 『가을의 오로라』 등의 시집을 발표했다.

**　제발트는 이 책이 출간된 해인 2001년 12월 14일에 사망했다.

덥고 긴 여름날이 끝나갈 무렵, 나는 장기간의 업무를 끝낼 때마다 찾아드는 공허감을 떨쳐버리려 서퍽주로 도보 여행을 떠났다. 사실 내 기대는 웬만큼 충족되었다. 내륙에서 해안까지 인적 드문 시골길을 몇 시간씩 걷던 그때만큼 느긋한 기분을 느낀 적도 드물었다. 하지만 지금은, 천랑성의 기운이 강할 때 정신과 몸이 특정 질병에 걸릴 가능성이 특히 높다는 오래된 미신이 얼마간 일리가 있지 않나 하는 생각이 든다. 어쨌든, 그때를 돌이켜 보면 나는 익숙지 않은 해방감에 들떴을 뿐만 아니라, 외진 곳에도 또렷이 남아 있는 저 오래된 파멸의 흔적과 마주할 때마다 엄습해 오는 공포감에 온몸이 마비되었던 것 같다. 그 때문인지 여행을 시작한 지 꼭 1년 뒤에 몸을 거의 움직일 수 없는 상태로 노리치의 병원에 입원했다. 그때부터 머릿속으로 이 책을 쓰기 시작했다.

그가 도심에서 마을을 지나 해변으로, 집에서 정원으로, 다시 공원으로 옮겨 가며 해안을 돌아다닐 때 서술자 역시 길고 산만한 단락들 속에서 헤매며 종잡을 수 없는 사유를 이어 나간다. 병원 박물관에서 토머스 브라운* 두개골 찾기, 어느 시골 사유지와 그 화려한 19세기 역사, 제2차 세계대전 때 독일

* Thomas Browne. 17세기 영국의 의사이자 저술가. 노리치에서 병원을 운영하면서 고전적인 지식을 기반으로 몇 권의 저작을 남겼다.

도시들에 가해진 대폭격들, 속절없이 쇠락해가는 휴양지의 비참함, "세상을 뒤로하고 오로지 공허만 마주하고" 싶어 해변에 줄지어 앉은 낚시꾼들, 청어의 자연사自然史, 헤이그의 어느 호텔 로비에 대한 오랜 기억, 조지프 콘래드와 로저 케이스먼트* 에 얽힌 이야기, 어느 별난 신사의 훨씬 더 별난 고집, 어느 강을 가로지르는 다리에 놓인 협궤철도에서 이어지는 19세기 중국에 관한 장황한 논설, 1940년대 크로아티아인들이 자행한 보스니아인 대학살, 한때 앨저넌 스윈번** 같은 시인들을 오래전 사라진 항구 도시 던위치로 이끌었던 해변의 어느 중세 교회탑.

이렇듯 『토성의 고리』는 아주 단순한 문장들을 겹겹이 쌓아 올려 정교하고 방대한 연상의 태피스트리를 이음매 없이 짜나가는데, 이유는 알 수 없지만 서서히 하나의 작품처럼 보이기 시작한다. 독자들은 어리둥절해진다. 이 연상들을 통합된 아이디어의 동인들로 한데 뭉뚱그려 이리저리 살펴봐도 하나의 지적인 패턴이 보이지 않는다. 마침내 우리는 '동인'이 바로 서술자임을 깨닫는다. 자기 자신이 곧 통합된 아이디어가 되는 것이다. 그가 자신에 관해 들려주는 이야기나 여행하면

---

* Roger Casement. 벨기에령 식민지 콩고에서 자행된 유럽 제국주의의 원주민 학살 실태를 최초로 폭로한 아일랜드의 인권운동가이자 독립운동가. 조지프 콘래드Joseph Conrad의 소설 『암흑의 핵심』에 영감을 주었다.

** Algernon Swinburne. 영국의 시인·평론가·공화주의자.

서 보는 것들을 통해서가 아니라, 주변을 바라보는 **방식**을 통해서 말이다. 서사에 아름다운 내적 활력을 부여하는 것은 페르소나가 취하는 관점의 성격이다.

장면이 계속 이어질수록 점점 분명해지는 사실은, 서술자가 가장 평범한 풍경—해변, 마을 거리, 호텔 로비—을 마주할 때 자신이 시간의 경계에, 영원의 출발점에, 시작 혹은 끝의 가장 먼 경계선에 서 있음을 느낀다는 것이다. 세상은 항상 등 뒤에 있고, 앞에는 공허만 하염없이 펼쳐져 있다. 그러다 문득 독자들은 여러 번 세상이 '납빛'으로 묘사되었음을 깨닫는다. 납빛의 바다와 하늘과 낮이 반복해서 나온다. 그리고 "사람이라곤 거의 보이지 않았다"라는 문장 또한 얼마나 자주 등장하는가. 마을이나 시내 거리에서, 사유지의 넓은 대지나 정원에서, 드넓은 해변이나 조경된 이런저런 장소에서 사람은 거의 보이지 않는다. 이렇게 관찰된 사실들이 무심한 듯 삽입되어 있다. 여기저기에. 한 단어로, 한 문장으로, 한 파편으로. 최적의 단락에서 최적의 시점에. 잠재의식의 바닥으로 똑바로 떨어지는 돌처럼.

가시적인 세계에 대한 모든 묘사, 과거와 현재와 미래의 모든 연상, 모든 기억과 추측과 사색 하나하나가 인간관계의 결핍을 암시한다. 암스테르담에서 노리치로 날아가는 작은 프로펠러 비행기에서 갑자기 서술자는 핵심을 찌른다.

우리 아래로 유럽에서 인구 밀도가 가장 높은 지역 중 하나가 펼쳐져 있었다. 끝없는 테라스들, 볼썽사납게 뻗은 위성도시들, 땅 한 뙈기도 그냥 방치되지 않은 이 대륙 모퉁이를 큼직한 사각형 부빙처럼 떠다니는 상업 지구들과 반짝이는 온실들. 몇 세기에 걸쳐 땅을 통제하고 경작하고 확장한 끝에 지역 전체가 기하학적 패턴으로 변해버렸다. …… 하지만 어디에도 사람이라곤 한 명도 보이지 않았다. 뉴펀들랜드 위를 날든, 일몰 후 보스턴에서 필라델피아까지 펼쳐지는 불빛 바다 위를 날든, 자개처럼 반짝이는 아라비아 사막 위를 날든, 루르 지방이나 프랑크푸르트 위를 날든 마찬가지다. 사람은 아무도 없고, 사람들이 만들어놓고 안으로 숨어든 곳들만 있었던 것 같다. 사람들이 사는 곳과 이곳들을 서로 연결하는 도로들이 보이고, 그들의 집과 공장에서 피어오르는 연기가 보이고, 사람들이 올라탄 자동차들이 보이지만, 사람은 보이지 않는다.

여기서 효력을 발휘하는 단어는 '숨어든'이다. 도보 여행이 활성화되어 있는 것으로 유명한 나라에서의 도보 여행은 한 편의 미래주의 영화가 된다. 서술자가 낡은 디젤 기차를 타고 해안까지 여행했다고 말하는 시작 부분부터 예고된 일이다. "사람들은 어스름한 빛 속에서 너덜너덜한 좌석에 앉아, 다들 기관차를 바라보며 서로 최대한 멀찍이 떨어져 있었다. 평생 그들의 입술 밖으로 말 한마디 나오지 않았던 것처럼 깊은 침묵이 흘렀다."

분명 이 적막함은 내면에서 비롯된다. 이는 서술자가 내적으로 살아내고 있는 실질적 상태이자, 그를 가로막고 있는 벽, 자신의 인격을 가둬둔 감옥이다. 바로 이 감옥 안에서 그는 말하고 있다.

하지만 이런 제한되고 불완전한 시각에 상관없이 훌륭한 글이 탄생한다. 제발트가 자신의 내적 세계로 깊숙이 호기롭게 들어가, 너그러운 마음으로 거하기 때문이다. 이런 의미에서 그는 베케트를 연상시킨다. 베케트 역시 영혼의 어두운 밤으로 대담하게 뛰어들어, 거기서 발견한 것을 아주 설득력 있게 적용함으로써 농밀한 불후의 시정詩情을 빚어냈다. 독자들과 극장 관객들은 적막함을 체감하고 그 순간의 독특함을 만끽하며 짜릿함을 느꼈다. 제발트의 작품 역시 이런 반응을 자아낸다.

『토성의 고리』에서의 인간 부재는 불쾌하거나 고통스럽거나 불길하게 느껴지지 않는다. 오히려, 고독한 방랑만이 오래전부터 유일한 현실이었던 남자, 자기 본래의 영역 안에 있는 한 남자가 겪고 있는 것인 양 아주 자연스럽게 느껴진다. 제발트의 고독에 깃든 평온함과 고요함은 로런 아이슬리의 우주만큼이나 광막하다. 서술자는 이 고요함을 싫어하지도 받아들이지도 않는다. 그저 고요함 안에서 그것에 집중한다. 충격도 분노도 느끼지 않고, 치유를 필요로 하지도 않는다. 아노미 상태로 들어간 다음 이를 넘어섬으로써 세계를 재발견하는 능력을 지닌 트라피스트회* 수사 같다고 할까.

제발트는 허허로운 해안선과 쇠락한 휴양지의 풍경을 보고, 꼬리에 꼬리를 물고 일어난 역사적 대학살의 이야기를 온전히, 자유롭게, 아낌없이 연상한다. 그래서 그의 글은 그저 사실 기록이 아닌 일종의 시가 되어버린다. 끝없는 세계 창조의 광대함이나 경이로움과 대조되는 적막의 시. 결국 우울증으로 입원하게 되는 한 남자가 쏟아내는 이 광범위하고 자유분방한 연상을 통해 우리는 인간 실존의 왜소함이나 비루함이나 허무가 아닌 광대함을 느낀다. 순례자처럼 차분하고 고독한 이 서술자는 자신이 보고 회상하고 사색하는 것에 민감하게 반응하며, 세상과 자아를 향한 특유의 연민, 즉 희망의 생명줄을 늘리는 연민을 베푼다.

네덜란드의 어느 호텔 로비에서 제발트는 얼마 전 뉘른베르크에 있는 자신의 수호성인의 묘를 찾았던 일을 떠올린다. "전설에 따르면 그는 다키아** 혹은 덴마크 출신의 왕자로, 파리에서 프랑스 공주와 결혼했다. 그런데 결혼 초야에 자신의

---

*   1664년 프랑스 노르망디주의 라트라프 수도원이 세운 분파로, 기도와 침묵, 정진, 노동 등을 강조하는 엄격한 수도회이다.
**   카르파티아산맥과 도나우강 사이로, 오늘날 루마니아와 인접 지방에 해당하는 지역을 고대에는 이렇게 불렸다.

하찮음을 뼈저리게 느꼈다고 한다. 그가 신부에게 말하기를, 오늘은 우리의 몸이 아름답게 꾸며져 있지만 내일이면 벌레들의 먹잇감이 되고 말 거요, 라고 했단다. 날이 밝기도 전에 달아난 그는 이탈리아로 순례를 떠나 홀로 살다가, 기적을 행할 힘이 자기 안에 생겨나는 것을 느꼈다. …… 알프스산맥을 넘어 독일로 갔다. 레겐스부르크에서 망토를 걸친 채 도나우강을 건너고, 그곳에서 깨진 유리를 원래 상태로 돌려놓았다. 불쏘시개를 내어주지 않는 어느 못된 수레바퀴 목수의 집에서 고드름으로 불을 지폈다. 꽁꽁 얼어붙은 삶의 본질이 뜨겁게 불타오를 수 있다는 이 이야기는 요즘의 내게 의미심장하게 다가왔고, 세상 사람들에게 우리의 가련한 심장이 여전히 불타오르고 있다고 믿게 만드는 일종의 사기극을 연출하려면 우선 내적 차가움과 무상함이 갖추어져야 하는 게 아닌가 하는 생각이 든다."

바로 이거다. 『토성의 고리』의 매력. 그토록 기묘한 아름다움이라니. 영적으로 고갈된 우리 역사의 이 순간에, 자신의 가련한 심장이 여전히 불타오르고 있음을 믿으려 애쓰는 서술자가 우리에게 인간의 고독―넓고 깊으며, 항상 존재하는 고독―을 이야기하고 있다.

『토성의 고리』가 계속 소설이라 불린다면 이는 소설의 몰락을 보여준다고 생각한다. 제발트는 지난 시대의 글쓰기를 하고 있다. 즉 모더니즘과 포스트모더니즘을 똑같이 무시하고, 토머스 핀천Thomas Pynchon, 리처드 파워스Richard Powers, 돈 드릴로Don DeLillo 같은 동시대 소설가들이 언어에 도취하여 원대하게 수행하고 있는 신화적 추상화 작업으로부터 문학이 허용하는 한 멀찍이 떨어진 채 서술하는 자아로서 이야기를 풀어놓는다. 그럼에도 비평가들은 우리의 유일무이한 삶을 느끼게 하는 힘, 요즘 소설가들은 거의 가지지 못한 이런 힘이 회고록 작가─진실을 말하는 논픽션 서술자─로부터 나오고 있다는 사실을 믿지 못한다. 하지만 엄연한 사실이다. 회고록 작가들은 우리 모두가 처한 상황으로 들어와, 우리가 지금 듣고 싶어 하는 이야기를 들려준다.

맺으며

이 책은 15년간 예술대학 석사 과정 학생들을 가르친 경험으로부터 나왔다. 그동안 내가 깨달은 점이 있다면, 글쓰기를 가르치는 것은 불가능하다는 사실이다. 극적 표현력, 구조를 이해하는 본능적 감각, 서술의 표면 아래 언어를 가라앉히는 재능은 타고나는 것이지 배울 수 있는 것이 아니다. 하지만 자신의 글이든 남의 글이든, 글을 읽고 평가하는 법은 가르칠 수 있다. 한 덩어리의 소재 속에 묻혀 있는 경험을 발견하고 그것이 글로 잘 빚어지고 있는지 어떤지 알아내는 방법, 서사의 줄기와 이를 진전시키는 지혜의 연결 고리를 찾아내는 방법, '누가 말하고 있는가, 무엇을 말하고 있는가, 둘 사이의 관계는 어떠한가'를 묻는 방법을 가르치는 것이다. 가르치는 일을 좋아하는 사람이라면 이 모두를 가르칠 수 있다. 내 적성에는 꼭 맞는 일이었다.

회고록 쓰기 수업에서 나는 원고 한 뭉치를 들고 "이 글은 무엇에 관한 이야기일까요?"라는 질문을 던졌다. "신시내티의 콩가루 집안에 관한 이야기입니다"라는 답이 돌아오자, 나는 "아니, 아니요. 무엇에 **관한** 이야기냐니까요?"라고 다시 물었다. 그 순간부터 나는 학생들이 **나와 같은 방식으로** 읽게 되리라는 사실을 알았다. 그러니까, 내적 맥락을 찾는 것이다. 내적 맥락은 글을 현재 상황 너머로 확장해주고, 작가의 생각과 감정을 **밝혀주며**, 형태를 부여하고 내밀한 목적을 드러내준다. 상상력 풍부한 작가를 아무나 붙잡고 "그런데 무엇에 관한 이야기죠?"라고 물어보면, "신시내티의 가족에 관한 이야기"라고 답하는 대신 내적 맥락을 이야기해줄 것이다.

처음부터 나는 글쓰기를 가르치는 일이란 곧 작가를 움직이는 동력이 무엇인지 또렷이 보일 때까지 계속 읽는 법을 가르치는 일이라고 생각했다. 어떤 글을 읽을 때 우리는 이렇게 물을 것이다. 여기서 작가의 뇌리를 사로잡고 있는 더 큰 생각은 무엇일까? 진정한 경험은? 진짜 주제는? 내게 중요한 것은 답을 찾을 수 있느냐가 아니라 이런 질문을 던질 수 있느냐 하는 것이었다. 여느 평범한 독자라면 누구나 그러하듯, 작품에 접근하는 것은 **어떻게** 쓰느냐가 아니라 **왜** 쓰고 있느냐를 아는 일이었다. 수업을 이어나가면서 나와 학생들은 이 일이 치열한 전쟁과도 같다는 사실을 거듭 발견했다.

한 학생이 한 번도 만난 적 없는 할아버지에 관한 글을 써왔다. 글은 이렇게 시작된다.

얼마 전까지만 해도 농지였던 자그마한 중서부 마을의 할머니 댁에서 할머니를 따라 낡아빠진 좁은 계단을 타고 다락방으로 올라갔다. 추운 날이었고, 아래 거리에서는 아이들이 싸늘한 바람 속에서 서로를 불러대고 있었다. 할머니의 다리는 퉁퉁 부은 데다 굵은 핏줄이 튀어나왔고, 걸음은 무겁고, 항상 입는 홈드레스에 몸이 꽉 끼었다. 할아버지는 40년 전에 이 집을 지었고 어느 화창한 날 담배를 피우러 나갔다가 다시는 돌아오지 않았다. 할아버지가 남기고 간 편지, 옷가지, 사진 같은 물건들은 모조리 다락방의 트렁크 안에 갇혀 있었다.

그 후의 단락들도 똑같이 어수선하니 갈팡질팡하고 있었다. 원고는 점점 쌓여갔지만, 기억과 마음의 그늘, 꿈에 대한 추상적인 반추로 계속 빠져들다 보니 정작 이야기는 앞으로 나아가지 못하고 있었다. 학생들과 나는 이 글을 이해해보려 노력했다. 처음부터 끝까지 읽고 또 읽으며, 짜임새 있는 글이 되지 못한 원인을 찾아내려 안간힘을 썼다. 마침내 누군가가 말했다. "할아버지가 아니라 할머니에 관한 글이네요." 강의실에 전구가 켜졌다. 그리고 작가의 머릿속에도. 그다음 주에 글의 첫 단락은 이렇게 바뀌어 있었다.

나는 할머니를 따라 낡아빠진 좁은 계단을 타고 다락방으로 올라갔다. 그곳에는 가출한 할아버지가, 말하자면, 보관되어 있었다. 할머니의 부어오른 두 다리는 무겁고, 느리고, 어물쩍거렸다. 할머니의 옹골지고 단단한 몸은 당신이 감히 겉으로 드러내지 못하는 특유의 호전성을 풍겼다. 어쨌든 할머니는 '착하디착한' 중서부 사람이었다. 무거운 입으로 부정적인 말은 절대 뱉지 않는 사람. 이 집에서 버림받은 아내이자 어머니로 35년을 살아온 할머니는 당신을 척박한 농촌으로 데려와 놓고 어느 날 밖에 나가서는 돌아오지 않은 남자를 한번도 입에 올리지 않았다. 할머니의 딸인 내 어머니는 고향을 거의 찾지 않았지만, 대신에 나를 여름마다 몇 주씩 할머니 댁으로 보냈다. 나는 항상 집에서 천덕꾸러기 같은 느낌이었다. 과묵한 할머니와 울적한 시간을 보내게 하는 것만 봐도 알 수 있었다. 그런데 처음으로(내 나이 열네 살이었다) 할아버지가 '보고' 싶다고 부탁했더니 놀랍게도 할머니는 승낙해주었다.

확실히 글은 궤도를 찾아가고 있었다. 작가가 관점을 바꾸어 서술자를 자유롭게 풀어주고, 미완성의 소재에서 움트려 하는 주제에 초점을 맞출 수 있었던 것은 '이 글은 무엇에 관한 이야기인가?'라는 질문을 반복해서 던졌기 때문이다.

나는 내 수업에서 이루어지는 토론이 기교의 문제를 배제함으로써 대부분의 워크숍에서 주안점을 두는 방향과 반대로 가고 있음을 곧 깨달았다. 장차 예술가가 될 대학원생들에게 기교는 밥벌이 수단이다. 나는 이 점이 끔찍하게 느껴지는데, 왜냐하면 기술에 집중하는 것은 현대 문학에 독이 된다고 생각하기 때문이다. 고전적 산문 쓰기에 관한 훌륭한 소책자 『진실처럼 명료하고 단순하게Clear and Simple as the Truth』가 내 이런 생각을 잘 대변해준다.

글쓰기는 기술로 이어질 수밖에 없고 …… 기술은 가시적으로 필력을 보여주긴 하지만, 글쓰기는 기술의 결과물도 아니고, 기술을 사용하는 활동도 아니다. 이런 점에서 글쓰기는 대화를 닮았다. …… 대화에 서툰 사람은 설사 언변이 아주 좋더라도 대화를 독백과 구분하지 못하기에 제 실력을 발휘하지 못한다. 아무리 언변을 갈고 닦아도 문제를 해결하지 못할 것이다. 반대로, 대화에 아주 능한 사람은 말주변은 떨어질지 몰라도 대화란 서로 주고받는 활동이라는 개념을 확실히 이해하고 있다. 대화도 글쓰기도 화술을 익힌다고 해서 배울 수 있는 것이 아니며, 근본적인 개념의 문제를 등한시하고 글쓰기 기술만 가르치려 들다간 실패할 수밖에 없다.

가르치는 사람이 이론보다는 직접 체험을 통해 습득한 바를 가르치지 않으면 이 글쓰기 수업 또한 실패로 돌아간다고 덧붙여도 좋을 것이다. 내가 보기에 창의적 글쓰기의 이론들은 기교의 문제보다 훨씬 더 해롭다. 글쓰기를 가르치는 우리가 할 일은 우리 자신의 경험을 최대한 폭넓게, 최대한 깊이 있게 이해하는 것뿐이다. 이렇게만 해도 경험을 확장하여 수업에 응용할 수 있다.

나는 글쓰기를 가르치면서 '누가 말하고 있는가, 무엇을 말하고 있는가, 이 둘의 관계는 무엇인가'를 아는 일에 내가 한결같이 매진해왔음을 깨달았다. 그 시간 동안 선생인 나는 작가인 내가 곧 집필할 글을 어떻게 읽을지를 나 자신에게 가르치고 있었다. 한결같은 매진은 강점이자 한계, 그리고 깨달음의 원천이었다. 이는 읽기에 대한 수많은 사고방식 중 하나에 불과했지만—수백 명의 다른 교육자들이 발견하는 수백 가지 **다른** 긴요한 관점 역시 쓸모가 있을 것이다—에세이와 회고록이 날것의 소재를 어떻게 구조화하는지 파악하는 데 있어서 '서술자를 이해하면 작품을 이해할 수 있다'는 원리만큼 매력적인 지침도 없었다. 이런 관점은 내 손안에서 폭넓은 해석을 낳았다. 글쓰기를 가르친 경험은 읽는 방식에 관한 중요한 사실을 내게 가르쳐주었다.

어떤 글이 우리 마음에 와닿는 것은, 글을 **읽는 시점**에 필요한 우리 자신에 관한 정보를 제공해주기 때문이다. 이렇게 써놓고 보면 얼마나 자명한 원리인가! 사랑이나 정치 혹은 우정에서도 그렇듯, 받아들일 마음의 준비가 되어 있느냐가 제일 중요하다. 어떤 가치 있는 작품이 출간 이후 맹비난을 받거나, 잠깐 반짝하고 사라질 작품이 극찬을 받는 이유는 읽는 사람들의 잘잘못 때문이 아니라, 때를 잘 만났거나 잘못 만났기 때문이다. 아무리 좋거나 훌륭해도 당장은 독자들이 받아들이기 어렵기에 돌처럼 가라앉는 책이 있는가 하면, 단명할 것이 뻔한데도 지금, 바로 지금 사람들이 공감할 수 있는 이야기이기에 호평을 받는 책도 있다. 어쩌면 당연한 이치인지도 모른다. 우리의 내면은 필요한 것을 필요한 때 얻어야 비로소 풍요로워진다.

내가 쓴 글을 훑어보면 심각한 편파성에 깜짝 놀라게 되는데, 내가 읽은 책들과 읽은 방식에도 그런 편파성이 반영되어 있다. 내가 열광 중인 회고록이나 에세이를 이야기할 때마다, 내가 무시하고 있는 다른 종류의 에세이와 회고록, 그리고 내가 읽고 있는 책이 간과하고 있는 점들을 일일이 지적하던 사람들이 떠오른다. 그럴 때마다 나는 그래 맞아, 하고 곧장 수긍했다. 자기방어적인 태도를 취하지 않으면 비난을 누그러뜨릴 수 있을 것처럼. 하지만 내심으로는, 내가 엄격히 선별한 글들을 자유롭게 엮으면 모든 문제를 아우르는 내적 일관성을 얻을 수 있으리라 믿었던 것 같다. 잘못된 믿음이었다. 내 관심사에는 분명 한계가 있다.

자전적 글쓰기를 할 때 어떻게 하면 따분하고 불안정한 자아로부터 진실한 서술자를 끌어내어 필요한 이야기를 전할 수 있을까? 나는 이런 질문을 던졌고, 답을 찾는 과정에서 글쓰기로 시선을 돌렸다. 글쓰기는 어떻게 행해지고, 어떻게 기능하며, 어떻게 세상에서 한 자리를 차지하고, 어떻게 문학의 역사를 바꾸어놓는가. 내가 내린 결론은, 자신의 편협하면서도 명확한 필요에 따라 글을 읽음으로써 글 쓰는 법을, 그리고 글쓰기를 가르치는 법을 스스로 깨우칠 수 있다는 것이다.

작가, 교육자,
학생을 위한 가이드

다음에 제시하는 토론을 위한 질문들과 실전 응용은 비비언 고닉의 『상황과 이야기』를 읽고 자전적 글이 위력을 얻는 방식을 날카롭게 탐구할 수 있도록 준비한 것이다. 이를 통해 고닉의 분석을 더 깊이 있게 이해하고, 고닉의 접근법을 글쓰기에 적용할 수 있기를 바란다.

토론을 위한 질문

1. 고닉은 이집트를 방문했을 때 경험한 일을 담은 첫 저서에 대해 이야기하면서, 거리 두기를 하지 못하고 거리 두기가 필요하다는 사실조차 이해하지 못한 것이 문제였다고, "거리 두기 없이는 이야기도 있을 수 없다"고 말한다. 자전적 글쓰기에서 거리 두기는 왜 특별히 중요할까? 작가가 소재와 너무 가까우면 어떤 한계가 발생할까?

2. 고닉은 "모든 문학 작품에는 상황과 이야기가 있다. 상황이란 맥락이나 주변 환경, (가끔은) 플롯을 의미하며, 이야기란 작가의 머리를 꽉 채우고 있는 감정적 경험, 혹은 통찰과 지혜, 혹은 작가가 전하고픈 말이다"라고 주장한다. 『상황과 이야기』의 상황은 무엇인가? 맥락이나 주변 환경은? 고닉이 '전하고픈' 중심 통찰은 무엇인가?

3. 고닉이 조앤 디디온의 「침대에서」, 해리 크루스의 「나는 왜 내가 사는 곳에 사는가」, 에드워드 호글랜드의 「거북이의 용기」를 높이 평가하는 이유는? 이 에세이들은 어떤 궤도를 따라가는가? 서술자들은 글쓰기를 통해 자신의 어떤 점을 발견하고 폭로하는가?

4. 고닉은 회고록에 대한 장을 시작하면서 다음과 같이 지적한다. "30년 전, 남에게 들려주고픈 이야기가 있는 사람들은 앉아서 소설을 썼다. 요즘 사람들은 회고록을 쓴다." 고닉은 이 변화를 어떻게 설명하는가? 당신은 거기에 동의하는가? 최근 회고록 같은 자전적 글이 인기를 누리고 있는 또 다른 이유들은 뭘까?

5. 고닉은 논픽션에 대해 "서술자가 고백이 아닌 이런 종류의 자기 연구, 즉 움직임과 목적과 극적 긴장을 가져다줄 자기 연구에 몰두할 때 비로소 작품이 구축된다"고 쓴다. 고백과 자기 연구의 차이는 무엇인가? 이 차이는 고닉이 인용하는 마컴과 뒤라스의 사례에 어떻게 반영되는가?

6. 『상황과 이야기』는 모더니즘, 혹은 모더니즘과 포스트모더니즘이 자전적 글쓰기에 미친 영향을 비판적으로 바라보고 있다. 제발트의 회고록 『토성의 고리』를 논하면서 고닉은 이렇게 말한다. "『토성의 고리』가 계속 소설이라 불린다면 이는 소설의 몰락을 보여준다고 생각한다." 왜 고닉은 모더니즘의 서사 전략과 그 결과물인 소설에 환멸을 느낄까? 좀 더 전통적인 서사가 주는 만족감은 무엇인가? 고닉이 사례로 드는 제발트를 비롯한 작가들은 고닉의 입장을 어떻게 뒷받침하는가?

7. 결론에서 고닉은 예술대학 대학원생들을 15년간 가르친 후 "글쓰기를 가르치는 것은 불가능하다"는 사실을 깨달

았다고 말한다. 그럼에도 고닉의 책은 통찰력 있고 유익하다. 『상황과 이야기』를 읽음으로써 글쓰기에 관해 배울 수 있는 것은 무엇일까? 어떤 원칙을 글쓰기에 적용할 수 있을까? 어떤 단락이나 사례가 자신의 글쓰기 과정에 가장 유의미한가?

실전 응용

1. 고닉은 볼드윈과 오웰이 개인적인 것과 정치적인 것을 한데 엮고, "지독하리만치 깊숙한 자아 탐구"를 보여주며, 인종 차별이 인간성 말살을 낳는 현실에서 자신을 배제하지 않는 용기를 지녔다며 호평한다. 자신이 통감하고 있으며 어떤 식으로든 연관되어 있는 정치적 주제에 관한 자전적 에세이를 써보자.

2. 아이슬리의 회고록 『그 모든 낯선 시간들』을 논하면서 고닉은 다음과 같은 결론을 내린다. "자아의 고독이 진정한 주제라면, 자신을 훨씬 넘어선 주제를 필터로 삼아 말할 때 일반적으로 더 좋은 회고록이 나온다." 자신을 넘어선 주제를 통해 자신의 일면에 접근하는 짤막한 자전적 이야기를 써보자.

3. 회고록이나 자전적 에세이를 한 편 읽고, 『상황과 이야기』에 담긴 원리를 적용하여 평론을 써보자. 서술자는 충분히 거리 두기를 하고 있는가? 신뢰할 만한가? 작가는 하나의 핵심 통찰로 이야기를 구조화하고 있는가? 무관심한 독자를 사로잡을 만한 깊이 있는 탐구가 글에 담겨 있는가?

4. 『상황과 이야기』는 자기 발견으로서의 글쓰기, 혹은 서술 자와 서술 내용의 관계에 많은 부분을 할애하고 있다. 중 요한 자기 통찰이나 자기 인식의 순간, 즉 자신의 정체성을 발견하거나 진정한 자신이 되어가는 데 있어서 중대한 돌 파구가 열린 순간을 짧은 자전적 이야기로 써보자. 그런 통 찰을 이야기하는 동시에 구현하는 서술자의 목소리를 개 발해보자.

5. 결혼을 주제로 한 딜링과 긴츠부르그의 에세이를 논하면 서 고닉은 "두 작가 모두 익숙함 속에서 신비로움을 발견 하고 있다"고 말한다. 친숙한 주제(가능하다면, 결혼)에 관 한 짤막한 자전적 에세이를 써서, 평범함의 핵심에 있는 신 비로움을 드러내보자.

6. "작가에게 무슨 일이 일어났는가는 중요하지 않다. 중요한 것은 작가가 이 일을 큰 틀에서 이해할 수 있느냐 하는 것 이다"라고 고닉은 주장한다. 사소하지만 중요한 경험에 대 해 쓰고, 고닉에 따르면 강력한 논픽션 쓰기에 꼭 필요하다 는 폭넓은 관점으로 그 경험을 이해해보자.

7. 『상황과 이야기』를 읽기 전에 작업하고 있던 자전적 글로 돌아가, 고닉의 통찰과 관점을 적용하여 수정해보자.

상황과 이야기

에세이와 회고록, 자전적 글쓰기에 관하여

1판 1쇄 2023년 9월 5일
1판 4쇄 2024년 6월 15일

지은이 비비언 고닉
옮긴이 이영아

펴낸이 김미정
편집 김미정 · 박기효
디자인 표지 엄혜리 · 본문 아침

펴낸곳 마농지
등록 2019년 3월 5일 제2022-00014호
주소 경기도 파주시 미래로 310번길 46, 103-402(10904)
전화 010-3169-4309
팩스 0504-036-4309
이메일 shbird2@empas.com

ISBN 979-11-978701-3-2 03800

* 책값은 뒤표지에 있습니다.
* 잘못된 책은 바꾸어드립니다.